「慌ただしさの後に」
つれづれなる思いを

エッセイ・絵画集

勝野まり子

はじめに（二〇二四年秋に記す）

二〇二三年の夏、史上初と言われる極暑続きの最中（翌二〇二四年の夏にはそれを上回る暑さとなりました）、私は五十五年間暮らした東京を去って、誕生してから高校卒業まで過ごした故郷、沼津市に移転しました。

懐かしい富士山、香貫山、狩野川、駿河湾、千本松原、それらは変わらずに大きく美しい姿を留めていて、私に東京での過ぎ去りし慌ただしき時を忘れさせるかのようでした。一方では、街中は活気を失い激変した姿を呈しており、齢を重ねた知人たちの姿は私同様に変わり、私に改めて時の経過を知らせました。

私は、コロナ禍を避けて、数年の間、以前は年に数回は帰っていた故郷の家から足が遠ざかっていました。二〇二三年の春、コロナ禍の下火が報道され始めた頃に、故郷の家に久しぶりに戻りました。乗換駅の三島駅で新幹線の電車から降り立つと、目の前には雪を冠として堂々とある富士山が望めました。家に着くと、同じく目の前には、より親しみを覚える富士山の姿が更に大きくありました。私は、高校卒業までのほとんど毎日、この富士山に見守られて育ちました。富士山と同じく、私の成長を見守ってくれていた家族は鬼籍に入っています。久しぶりに付近を散策すると、その香貫山、狩野川、駿河湾、千本松原も、まるで私の帰郷を歓迎してくれているかのように映りました。この地が如何に風光明媚であり、それとともに豊かな食の恵みを与えてくれているか、改めて実感しました。

かつて、歌人の若山牧水は沼津の景色に魅せられて東京から家族とともに居を移し、多くの短歌を遺し、現在では沼津の寺に埋葬されています。また、私とは世代を異にしていましたが、同じ学び舎で青春時代を過ごした小説家、芹沢光治良と井上靖は、それぞれの著で、その風土、美しい自然への愛着を繰り返し語っています。時は経ても、彼らによって詠われた沼津の自然は変わらずに美しくありました。

私が、コロナ禍が始まる前に、十年ぶりに同じ時期に再び訪れたサンフランシスコやヨセミテ公園の、たった十年程の経過にあって、かつてとは全く変貌した、神秘的な大自然を感じさせない様相を呈している姿を目にした時の悲しみとショックはいまだに忘れられません。それらの激変してしまった自然とは異なり、故郷の懐かしく美しくある自然が一層愛おしく思われました。この久しぶりの帰郷を機に、私は沼津への転居を決めたのです。

半世紀以前に、私は、大学進学を機に、憶病者ながらも、この狭い田舎町から大きな世界に羽ばたきたいとばかりに沼津を去り、東京での生活を始めて五十五年が過ぎ去りました。今思えば、私自身の生活も、私を取り巻く社会も、時とともに慌ただしく変貌してきたようです。

第二次世界大戦後、敗戦後の復興期の人口増加の競争社会に、そして、男女平等を唱え始めた社会に生まれ育ち、その男女平等を強く主張する、大正時代生まれの父の影響もあってか、男性と変わらぬ教育を求めて高等教育を受け、その後、結婚と二人の子育てを経ながら、約三十年間に渡る長距離通勤の大学教員生活を送りました。その間、幾人もの親族を見送り祀りました。自分自身の退職後は、同じ世代の「仕事人間」だった夫が病を得て、その夫の看病と彼の事業の後始末と見送りを行いながら、僅かな時間を見つけて物を書き絵画を描いていました。結局は自分自身で選択しながら過ごしてきた人生とはいえども、思えば、実に慌ただしい暮らしを送ってきたようです。

この間、私を取り巻く社会、日本、世界の諸国は、大戦後の復興期と、その後のいわば大戦反省期のような時代を経てきました。ここ数年、国内も国外も、新型コロナ禍、地球温暖化に因ると言われる異常気象、諸国間の諸々の政治的課題を抱えています。大戦の痛みを忘れたかのようなロシアによるウクライナ侵略戦争、アメリカとロシアと中国の対立、イスラエル対パレスチナ問題、また、多くの国々で民族主義が主張されて紛争を巻き起こしています。核の脅威も増して、穏やかな世界とは決して言える状況ではありません。

二〇二三年の夏に、私が沼津に移転してから、美しい自然に恵まれ、物を書き、絵を描きながらの生活の中で、これまでの慌ただしい人生とそれを取り巻いてきた日本と世界の情勢を顧みることが多々あります。

繰り返しになりますが、故郷の街が変貌した姿を呈しながらも、一方で、日々、季節ごとに微妙に姿を変えながらも、美しく大きくある富士山、香貫山、狩野川、駿河湾、千本松林、これらの自然が、亡き両親と同じく自分自身を育ててくれたということを実感しながら、十年前の退職後から現在に渡ってつれづれなるままに書き記していた自らの思いの中から選び、それらをここにまとめました。日本で、世界で、自然と人間が共存でき、この地球がいつまでも平和でありますようにと祈りながら。

＊＊＊＊＊

掲載の絵画は、著者が岩絵の具、油絵具、アクリル画材、パステル画材を用いて描いた作品です。なお、末筆ですが、本書の出版にあたり、ギャラリーステーションの本多隆彦社長とリーガルチェックをして頂きました元木崇司弁護士（永世綜合法律事務所代表）に深く感謝申し上げます。

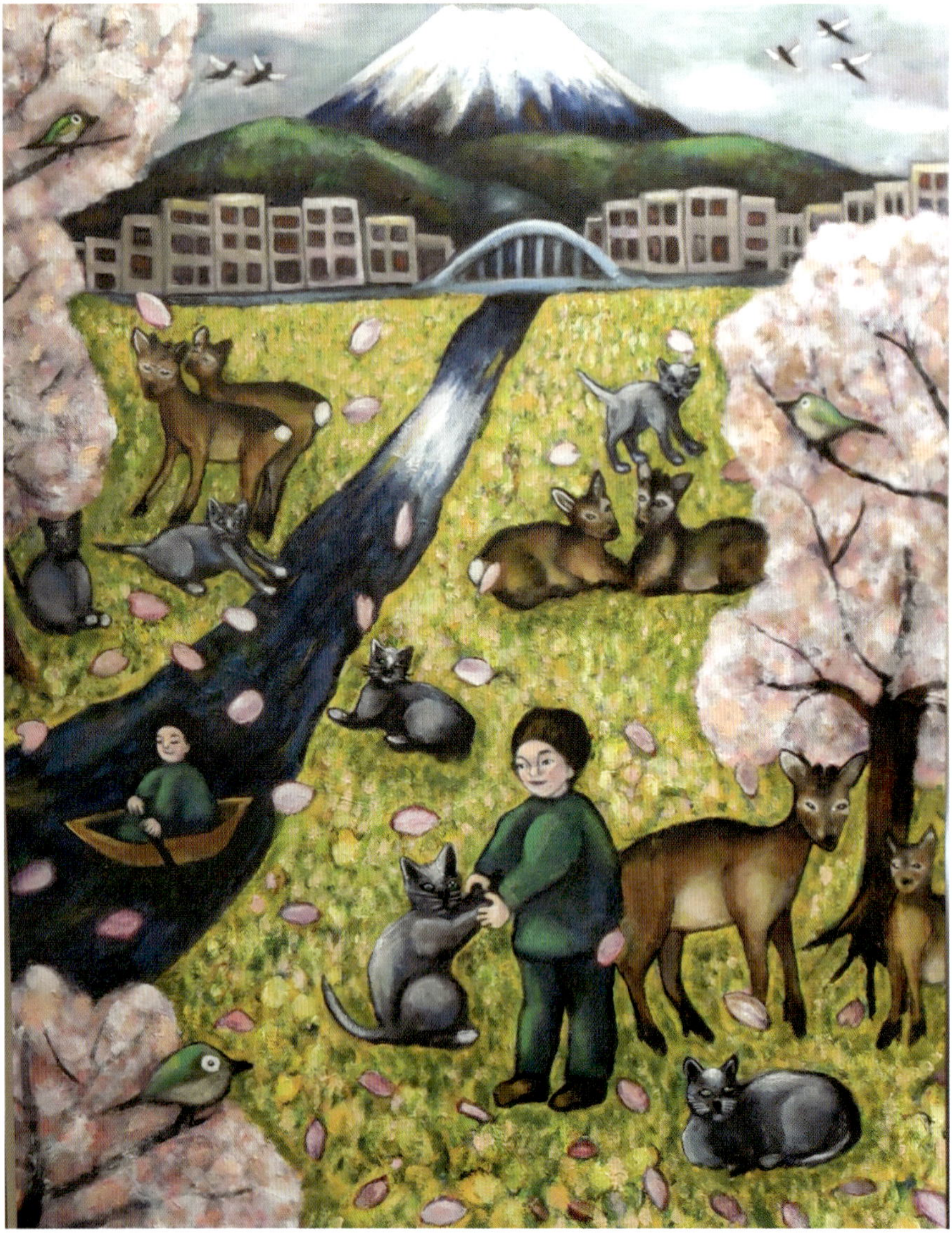

目次

「三匹の猫と」

ベートーベンのチェロ曲「ト調のメヌエット」が流れています。ほんとうに久しぶりの音楽鑑賞のような気がします。私の心が和む調べです。クラシックの音色とメロディーは若い頃に比べて、心により浸みこむようです。

ピンク色の花模様の小さなソファーには、タント君が目を細めて丸くなって寝ています。「タント」という名前は、この猫が体格良く生まれた時の姿に由来しています。タント君は十五年前に我が家で誕生した猫で、白茶色の毛をしたアビシニアンの雄猫です。大人になっても堂々とした体格で、おっとりとした性格の猫です。

床に敷かれたモスグリーン色の絨毯の上には、タント君の弟、ミミタ君が寝そべっています。「ミミタ」という名前も、生まれた時の姿から来ています。ミミタ君は、その片耳は奇形で、この種にしては色黒過ぎる、幼い頃は少し知能の発達も遅かったような猫です。

幸いなことに、そのミミタ君は自分自身の外見や幼少時の知能の遅い発達は自覚していないでしょうが、私は他の猫たちとの平等を心掛けながらも、その猫としての不完全さが不憫で、またそれ故、一層愛おしく思われて、他の猫たちに対してよりもミミタ君への声かけが多かったようです。そのかいあってか、大人になったミミタ君は、外見の可愛らしい不細工さは変わらずですが、知能や感情は他の猫たちに劣らず豊かに育ち、「阿保のミミタ君」ではなくて、かえって他の猫よりも私の言葉や感情をより良く理解しているように思われる「感性豊かなミミタ君」となりました。ミミタ君は、不細工な外見も愛らしく、愛嬌のある猫です。

日差しが燦燦と入るガラス窓の前には、ブルーがかった灰色の毛をした十歳になるウィン君が首を長くして外を見ています。「窓際族」のウィン君は、一日の大半を私の傍か窓際で外を眺めて暮らしています。ウィン君の名前〝Win〟は、生まれたての時に、「自分の苦しみに負けるな」という願いから付けられた名前です。一時期、仕事が多忙の時期に、単身生活を送らざるを得なかった私と生まれたてのウィン君は苦楽を共にしていたように思われます。私の喜怒哀楽が敏感に分かる猫です。有難いことに、心優しい年上のタント君とミミタ君は、気弱で神経質なウィン君を威嚇することなく、仲良く平和に暮らしています。知恵あるはずの人の世でも難しい共存かもしれません。

その猫たちと私を取り巻くように時がゆったりと流れていきます。これ程ゆったりとした時間を過ごしたことはこれまでにあったでしょうか。もしかしたら、小学校入学以前に経験してからのことかもしれません。やっと何かに追われぬ生活を取り戻したからなのでしょうか。そうではありません。私には夫の話し相手と日常生活におけるほとんど全ての世話、三匹の猫たちの世話、そして、大学での教授職を終えた後に新たに始まろうとしている非常勤職の仕事の準備もあります。それでも、一昨日、往復通勤時間、四、五時間の、約二十五年間に渡る大学での専任教員の職、そして、九年間に渡る教授の職を退いたことに因る解放感が、私にこのゆったりとした時の流れを感じさせているのでしょう。

そのゆったりとした時の流れにあっても、その開放感の中にあっても、それ故に、晴れきれない雲のようなものも私の心に漂うがごとくにあります。これまで自分なりに一生懸命に生きてきたという自覚の一方では、それとは矛盾するように、自分が雑に生きて来たという思いに襲われています。「仕事人間」の夫と二人の子育てをしながらの家事に、日に往復数時間に及ぶ通勤、そして、勤務する大学での授業と教育という仕事と研究活動、その中で、当然のことながら、私には悔やまれることが山とあります。多くの学生にも、亡き親族たちにも、自分の子らにも、猫たちにも、そして、自分自身にも何やら申し訳なく思われます。これも私自身の力不足によることでしょうけれど。

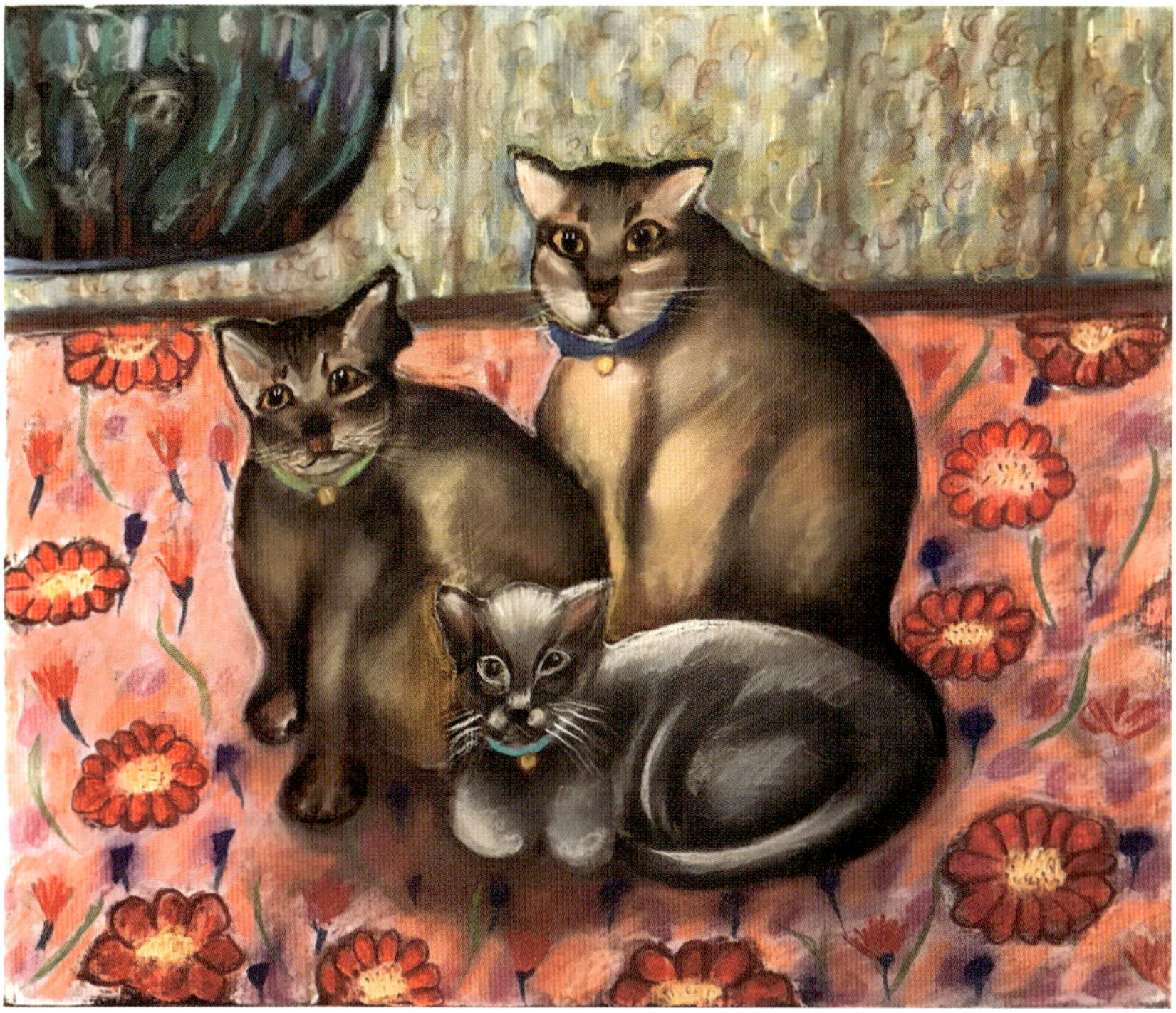

「始めたばかりの絵画制作」

退職と同時に始めた絵画制作を学ぶ為に、週一回通うことになったカルチャーセンターに行きました。そこで二時間半という時間、心を空の状態、自分自身の存在は自覚しながらも何かを考えようとはしない、多分、瞑想に近い状態にして、目の前に存在するオブジェを見つめ続けて油絵を描きました。絵を描き始める以前、これ程に長時間に渡って、無心に一つの物を見つめ続けたことがあるでしょうか。その一つ一つの物体を眺めていると、私と物体との間に会話のようなものが始まり、私のその物体に対する親近感が生まれ、そこから愛のような感情が生じます。その物体は愛おしい存在となります。見つめ続けることが愛に繋がるようです。その二時間半という時は、カルチャースクールという集団の仲間との関係以外は、不思議に輝きのある静かな、静かな時間です。

どのカルチャースクールにも、いろいろな生活環境、それぞれに異なる生活史と個性を持つ幾人もの受講生がいます。私は、長年の職場生活にあって、それぞれに強い個性を持つ多くの人々と出会ってきましたが、それでも、もしかしたら、それ故か、集団内での人との付き合いは煩わしく思われます。若い頃とは対照的に、人生の後先が短く感じられる昨今では、なるべくストレスの少ない人間関係を求めます。これも精神的な老いなのかもしれません。

カルチャースクールに限らず、大人のどの集団組織にも、幼い集団、多分、小中学生の集団に見られるような、特に昨今話題になっている「仲間外れ」や「虐め」に似た「群れ」の行為も、しばしば見聞きします。大人も子供も、人は「群れ」を作って、その「群れ」から排除させる対象を求める習性があるようです。

悲しいことですが、大人も三人以上集まると、それらは起こりやすいようです。人間の成熟、成長とは何かと考えさせられます。人間活動の中で最も美しくて崇高と思われる芸術、美術に心寄せる人の中にでも、それらしき光景が見受けられます。美を創造する素晴らしい人間、その一方で、「群れ」を作り仲間外れを作り出す愚かで幼い人間像も見られます。人間とは美しくも愚かな生き物なのでしょうか。

「非日常の場で」

非日常を楽しむために、短い時間を見つけては、近所のカフェで、大きな抽象画を前に、クラッシックの穏やかな音楽と橙色の室内光に包まれて、ひとり過すことも生活の楽しみの一つとなりました。そのような空間では、具象画よりも、普段は私にとってあまり馴染みのない抽象画の方が、見ていて心落ち着くような気がします。抽象画が非日常性を高めるようです。抽象画から連想される世界は多様です。つい最近になって、私は、やっと抽象画の良さが少しだけ分かり始めているようです。自分自身では、抽象画を描くことは難しく思われ、その段階には至っていないようですが。

日常から逃れるために入ったはずの非日常的な雰囲気のカフェの空間で、極めて日常的な人々の姿と漏れ聞こえる人々の語らいがあります。今日も、私は、都内の自由が丘駅前にある落ち着いた雰囲気のカフェに入って、部屋の壁に掲げられた大きな油絵の抽象画と語らい合いながら、ガパオとコーヒーのランチを楽しみました。そこで、聞くともなしに、二組の女性の声高な話が耳に入ってきました。非日常の中の極めて日常的な話でした。

一組は、母娘と生命保険のセールスの人との会話でした。母親は、「この娘より私が先に逝くから」と幾度も言っていました。セールスの女性は、「通例はそうです」と相槌を打っていました。「通例は」という言葉が私の心に触れました。本当に、命あるものの寿命は、明日の我が命も、誰にも知りえません。もう一組は、連れ合いの退職、退職金、年金、住いのローンのことをやはり声高に語っていました。まさに実生活の生々しい話、でも避けては通ることのできない切実な話です。そのような話を正直に

語れる友がいることも有難いことなのでしょう。

「花の力」

かつての職場の若い同僚から私の退職祝いにと薔薇の花束が届きました。送り主はそのようなプレゼントとは私の頭では結びつかないような同僚だっただけに、その花束は一層輝いているように感じられました。その薔薇の花は、不思議に長持ちして二週間以上は元気に咲き続けていました。その間、日々、それらは私の目を楽しませてくれ、私のこれまでの慌ただしい職場生活の疲労を消し去るように心を和ませてくれました。その送り主の心遣いと花の美しさは有難いことです。一～二週間後には枯れてしまうような花の運命も、その短命さ故に、その華やかな美しさを一層際立たせるのかもしれません。

Mariko

Mariko

「桃の葉」

この夏は極暑でした。在職中の夏には頻繁に経験したことのある、汗による肌荒れと湿疹が心配されました。在職当時は、真夏に汗をかきながらの帰宅後に着替えると、それまで衣類に包まれていた体中が湿疹で真っ赤だったことがよくありました。この夏もそのような汗疹が心配になって、近くの店で汗疹予防になりそうな入浴剤を探しました。

店頭にある多くの入浴剤の中で、「桃の葉エキス入り」という文字が私の目を引きました。それを購入しました。実際に使用してみると、その桃の葉エキス入りの入浴剤には助けられました。使用開始した翌朝には、早くもその効果が見られました。入浴剤の効果に気を良くし、同じく桃の葉エキス入りの洗顔剤、手荒れ予防クリームも使い始めました。使う度に、同じく、それらの効果も見られました。

使い始めて数日後に、それらから微かに漂う桃の葉の匂いが、私の遠い日の思い出を運んできました。幼い頃、我が家の庭には桃の木がありました。子供心には立派な大きな桃の木で、季節になると、白い覆い袋の中では美味しい実を結んでいました。その実を口にできることも楽しみでしたが、夏になると、その緑色の葉が母によって摘まれ、汗疹になりやすい体質の私の行水の友となりました。それは私の小学校低学年時まで続いていたように思います。懐かしい思い出です。

その桃の葉のエキスが、それから約六十五年近く経った今、再び私の肌を潤してくれます。たぶん、入浴剤そのものの質が良いのでしょうけれど、それ以上に、私の肌が桃の葉の力を覚えていたような気もします。「桃の葉」、それが、亡き母の姿と重なって私を癒してくれているようです。

Mariko

「そんなはずはありません」

私は、実態を良く観ずに、聞かずに、知らずに、「そんなはずはありません」という言葉が発せられることが嫌いです。自分自身でもそうはしたくないと常々心がけています。その嫌いな言葉を耳にする機会が三回重なりました。しかも、すべて、私が物心ついたときから家族のように暮らしてきた「猫」に関する、高齢の女性たちからの発言でした。

同じ「猫」であっても、人間と同じように、様々な個性を持っているでしょうし、それぞれ生活体系も異なっているでしょう。それでも、その「そんなはずはありません」という言葉は、一度も猫を飼ったことのないという二人が発し、野良猫を飼い始めて一年目という人が発するものでした。生まれた時から様々な猫と同居し、可愛がってきた人間が、愛猫を見たままに描いた絵と詠った短歌に関するコメントでした。

一人は長く絵を描いてきた人で、絵に描かれた愛猫の目と手の柔らかな表情に対して、「そんなはずはない。もっと爪を大きく出して、目は鋭く」というコメント。多分、何かの名画を思い浮かべたのかもしれません。室内で人間に飼いならされた愛猫は、めったに爪を見せず、目つきも優しいものです。二人目は、愛猫の首元につけた鈴音を詠った短歌に対する「そんなはずはありません。猫に鈴をつけるなんて」というコメント。これも長く短歌を詠ってきた女性の言葉でした。鈴をつけた猫用首輪は世に広く普及していますし、実際、首元に皮膚アレルギーのある猫を除いて、ほとんどの猫は、幼い頃の親猫に首元を咥えられていた習性が懐かしくて、鈴付きの首輪を喜ぶのだと推測します。三人目は、お通夜で目にして哀しくも感動した光景、亡き優しき飼い主の床の両脇に二匹の猫が静かに寝ていた光景を詠った短歌に対してのコメント。或るベテラン歌人の女性は、即座に「そんなはずはありません。猫は人の死を知ると凛と緊張するものです。」とのこと。しかし、『ワシントンポスト』の記事によっても、他の確かな情報によっても、その歌が詠われた状況と同じように、実際に、そのような情景はあるとのことでした。

実態を良く見聞きせずに、「そんなはずはありません」という考え方は、狭くそれらの絵や短歌のコメントに限られずに、様々な人間社会で、多くの偏見を生み出す危険をはらんでいるように思われます。また、何かに慣れ、或る意味で老いた心からはその言葉が出やすいような気がします。改めて、自分への戒めともなるようなコメントでした。

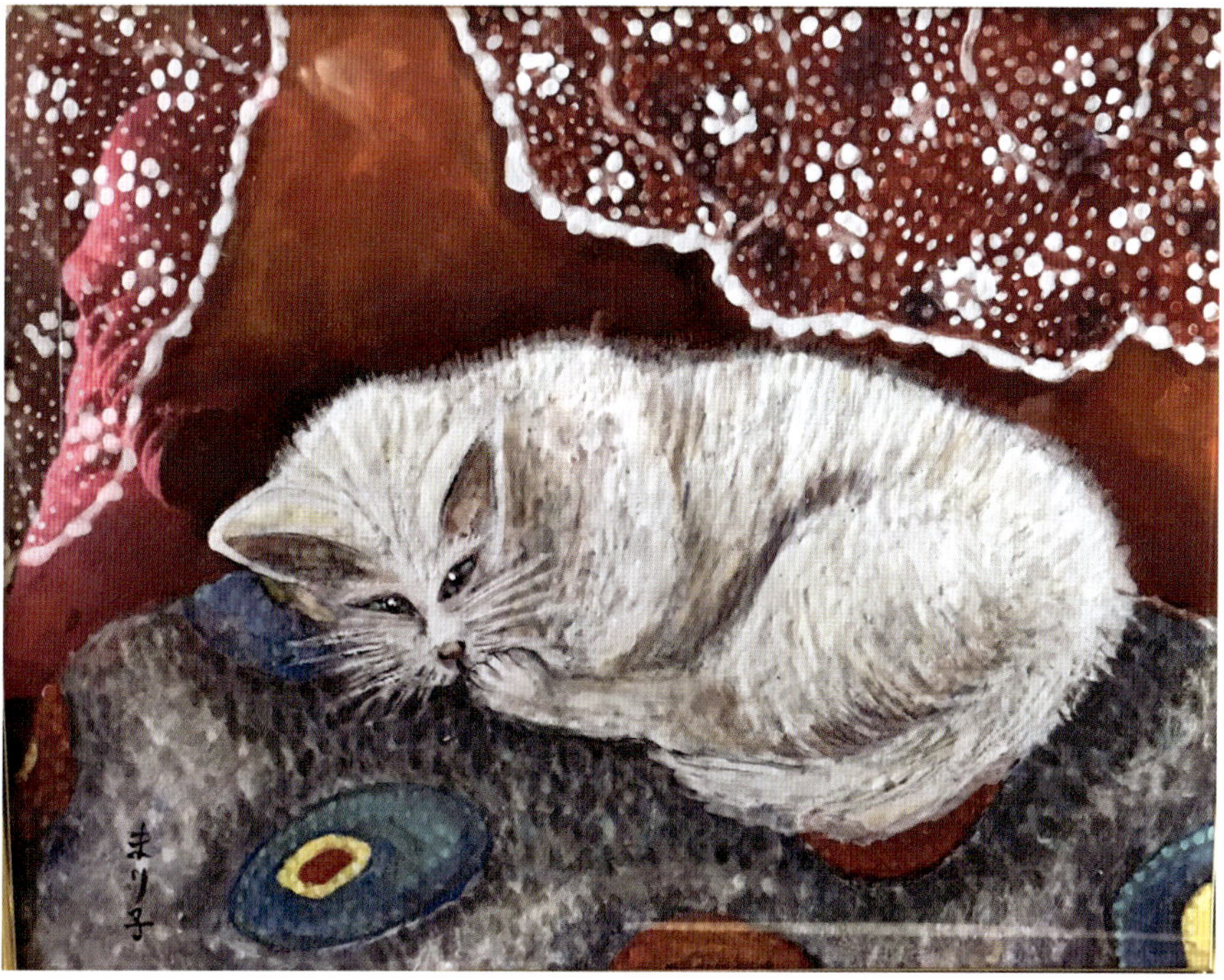
まり子

「神田川」

一九八〇年代にヒットした歌に『神田川』があります。この年齢になってもその歌詞には胸が熱くなります。三畳一間での風呂のないような若者の貧しい同棲生活。その生活を歌う歌です。聞く度に、特に、この歌の歌詞の最後にある、「若かったあの頃　何も恐くなかった。ただ貴方のやさしさが恐かった」に思うことがあります。

青春時代の私には、そのような無謀な若さはなかったようです。私は憶病な若者で、この世には未知なものが多く、私を取り巻く世界は恐いことが多い場であったように思います。それ故、既成の与えられた価値観に自分自身を縛りながら、がむしゃらにやるべきと思われる道を走っていたように思われます。迷うことからも出来るだけ回避していたように思います。

それを間違った生き方と全面否定する気はありませんし、女性であっても、その後の自立した安定した生活を懸命に求めていたようです。『神田川』には、かつての自分が求めなかった、求められなかった世界が歌われていて、何やら哀しくも心に浸み込んでくる良い歌に思われます。

「信仰とは」

出かけたついでに、或る駅前のパン屋兼カフェで簡単な昼食を取りました。そこで、私の隣の席に座っていた二人の女性、私より年上に見受けられる女性が大きな声で話をしていました。ここでも、中高年の女性たちは所はばからず、大声で話していました。私は聴くともなしに、嫌でも彼女たちの声が耳に入った、というよりは、その声が私の耳を刺すようでした。

彼女らの話は、自分たちが暮らす路線地域によって、別の地域に暮らすサークル仲間の仲間外れ、「無視」の対象になっているという愚痴に始まりました。人間は大人になっても、何らかの繋がりによる「群れ」を作り、その以外の人間を排除して優越感を持とうとする習性があるようなので、それはよく見聞きする話でした。

そのような愚痴話以上に興味深かったのは、彼女たちの信仰の話でした。二人はカトリック信者と仏教徒のようで、マリア様と仏様の話をしていました。それぞれの異なる信仰の話をしていて、異なる信仰を持ちながらも、相手の信仰を尊重しているようでした。それは良いことだと思いました。

ところが、突然、その一人が、自分が購入した果物を入れたビニール袋をどこかへ置き忘れたとのことで、立ち上がって大騒ぎを始めました。その瞬間、彼女は、隣の席の私のビニール袋や、私の隣、つまり彼女たちの隣の隣の人の荷物までじろじろと嫌な眼差しで見始めました。それは私の嫌いな他者を疑う表情と視線です。しかも、自分のミスを周囲の人々を巻き込んでの騒ぎです。

私はこれまでの人生で、「人を見れば泥棒と思え」と考えて生きている人を多々知っていますが、それは私が嫌悪する種の人たちです。実際に他人の金品を勝手に奪おうとする数多くの人間が実在することが悪いのでしょうが。その嫌な疑い深い人間の表情が、マリア様だの仏様だのと大声で語っていた彼女たちにも見られたことは、皮肉で悲しいことでした。本物の信仰を持つということは凡人にとっては至難の業かもしれません。フランスの小説『レ・ミゼラブル』が頭を過ぎりました。

「素晴らしき展覧会」

ある知的障害者支援団体が主催する美術展に出かけました。そのような催しには私は幾度か行っていて、作品に感動することも多々あります。今回も、知的障害を持つ児童や成人が制作した絵画、陶器、染と織の素晴らしい作品揃いの展覧会でした。残念なことに、そこには作者たちの姿は見かけられず、彼らの写真のみが展示されていました。

その施設のスタッフという人たちがその会場内を仕切っていましたが、その態度に嫌なものが見え隠れしていました。彼らの言動には「人の世話をしてやっている」というような傲慢さが匂っていました。よく見聞きする私の嫌いなタイプのボランティアや奉仕者の言動です。もちろん、そうではない真摯な支援者もたくさんいることは事実ですが。

その一方で、そこには写真のみで不在であった作者たち、知的障害者たちの作品は驚くほど見事なものでした。その豊かな感性に今回も驚きました。知的障害者を指導し支援していると思っている人間が、逆に、それらの知的障害者たちに教えられ支援されているのではないかと思われる素晴らしい作品揃いの展覧会でした。

「上昇志向」

今日の朝刊で、日本の高校生の上昇志向の低さが批判報道されていました。その記事の見出しを目にしたとき、私は、まず「上昇」とは何に向かって上昇することなのかと思いました。また、米国、中国、韓国と比較していて、その中で最下位を嘆くような報道でもありました。

いわゆる「上昇志向」の強い高校生が日本よりも多いと言われる米国は、大国の名も揺らぎ始め、トランプ元大統領の騒ぎの、移民問題騒ぎの真っただ中です。中国は、経済、軍事大国とはいえ、世界各地で中国人のモラルの低下が報道されていますす。もちろん、行儀の良い中国人も見聞きはしていますが。韓国に関しては、高官たちの賄賂、朴大統領の罷免、若者の就職難と生活難が大きな問題となっています。

「上昇」、いったいどこに向かって上昇すべきなのでしょうか。その難しい課題が日本に、世界各国にあるように思われます。加えて、若者たちがその何かに向かって「上昇」できるための教育面での難しい課題もあるように思われます。

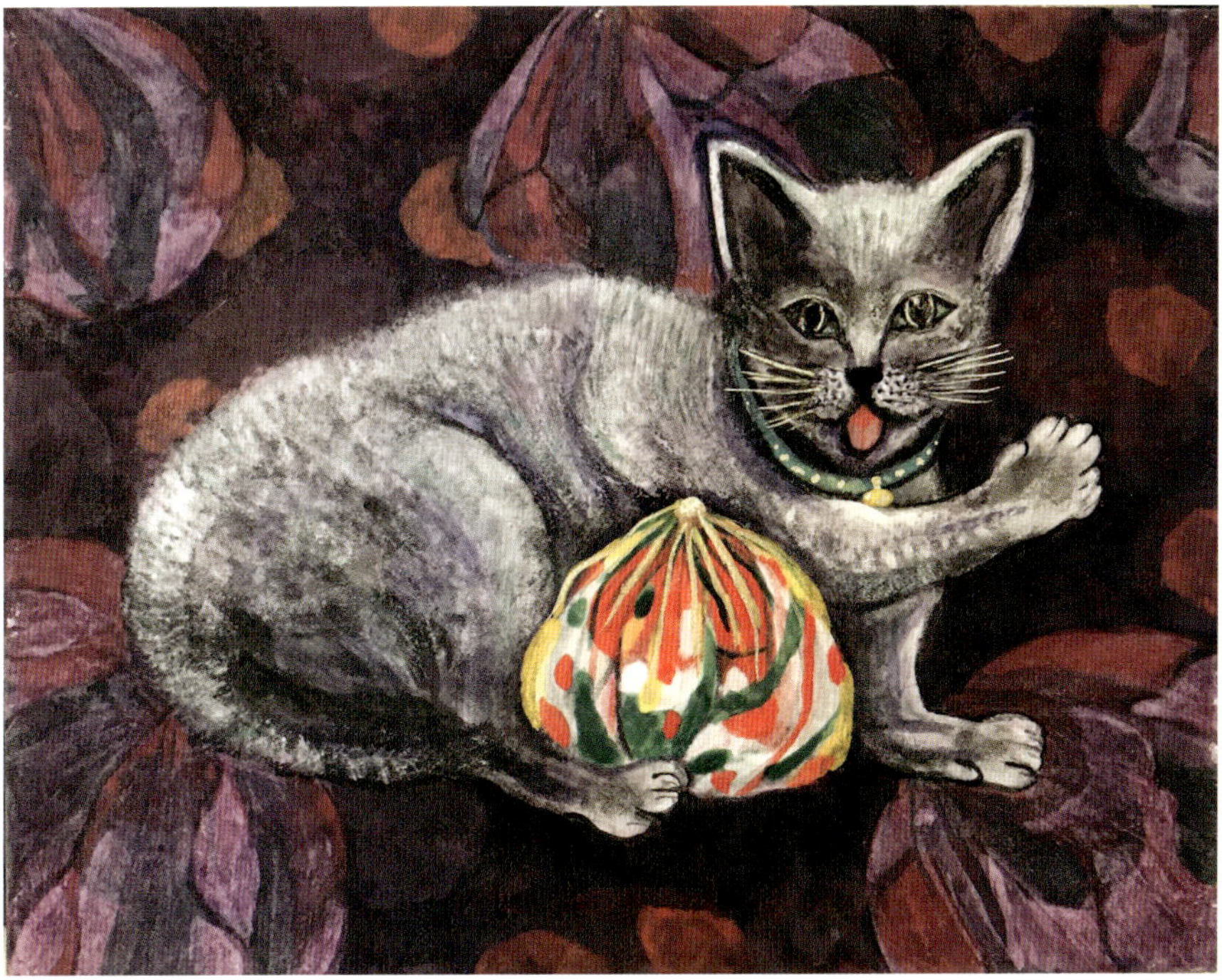

「頑丈な鎖の留め具」

日本で有数の高級住宅地とされる街の小さな公園での話です。その駅前の古くからある商店街は、高級住宅地のそれにしては、こじんまりとしていて、古くからある個人商店も多くて、比較的安価な物揃いです。私の家からバス一本、十分位で行けるのも便利で、二十五年間近く、時々買い物に行き、そのついでに、駅から数分の所にある、小さな池のある静かな公園を散歩することも楽しんでいます。また、駅前で買い物やランチをしていると、地元の私より年上と思われる老人たちに親しく話しかけられることもしばしばあります。その何気ない日常会話は、不思議に故郷の田舎での人々との会話に似て、私には懐かしく思われるものです。

ところが、私のお気に入りのその街で驚くことがありました。

駅近くの自然美しい、人がほとんどいない静かな公園を散策していました。陽光の中、緑豊かで、色とりどりの季節の花が咲き、池には美しい鴨たちが悠々と泳いでいました。そのトイレに入ると、ペーパーかけに古めかしい頑丈な鉄製の鎖と鍵が掛けられていました。トイレットペーパー盗難を防ぐための留め具でした。

その頑丈そうな鉄製の鎖と鍵は、それまで自然を楽しんでいた私の良い気分を吹っ飛ばしてしまいました。その鎖と鍵にぞっとしました。これ程ひとけのない公園で、これ程静かで自然美しい公園で、しかも、日本有数の高級住宅地と言われる街で、そのようなグロテスクな光景が目の前にあろうとは。これまでに日本各地、世界各地のさまざまな公園に行き、そこの公衆トイレにも入りましたが、このような光景は初めてでした。

「或る戦争カメラマンの写真展」

著名な戦争カメラマンの写真展を三島のイズフォトミュージアムで観ました。そのテーマは「戦場と故郷」でした。アメリカに憧れ、アメリカ軍に随行してベトナム戦争の写真を撮り、次はカンボジアに自費で行き、その内戦の写真を撮る最中に射殺された写真家の作品展です。

展示されていた臨場感のある戦闘写真や避難する人達の写真が、どのような思いで撮られた作品なのかは私には想像つきません。真実を留めようとする写真家としての冷静な正義感と使命感、ひょっとしたら幾ばくかの写真家としての名誉欲、それらも混在していたのかもしれません。良く分かりません。彼が生きていたら訊いてみたいことです。

しかし、それはともかくとして、そのような命がけで撮られた悲惨な人々の姿の写真とは対照的な、同じく彼が撮ったカンボジアの静かな農村風景の写真も展示されていました。その長閑な風景は、学芸員に言わせると、彼が育った日本の故郷である新潟の田園風景と重なるものであるとのことでした。私もその説明にはうなずけました。彼が撮った悲惨な戦場の写真よりも、もしかしたら、それがあるがゆえに、その静かな、牛と農家の人々が労働する姿と田園風景の写真は、輝いて見えるのかもしれません。臨場感迫る戦闘の写真よりも、そのカンボジアの静かな農村風景に私は魅力を覚えました。その写真家も、闘いの中ゆえに、その美しいのどかな田園風景は輝いて見えたことだろうと思います。彼のご冥福を心から祈ります。

「ウィン君」

　愛猫ウィン君は十五歳半になってしまいました。これから後何年生きられるのでしょうか。同様に、私自身の寿命も不安になります。ウィン君は可愛い猫であるだけでなくて、不思議に魂の強い猫に思われます。これも「飼い主馬鹿」の錯覚かもしれませんが。

　この猫は深い喪失感を覚えるようです。仲良し猫のミミタ君が亡くなった時、数日間、「ミャー、ミャー、ミャー」と寂しそうに鳴きながら、その姿を探し続けていました。その寂しげな姿は、私がミミタ君を失った悲しみを倍増させるようでした。私が家を留守にすると、その不在ゆえの寂しさからか、毛の柔らかさがなくなります。私が家に戻ってウィン君の頭と体全体を撫でると、顔を私に押し付け、ごろごろと喉をならせながら、硬くなったその毛はしだいに柔らかになります。そして、耳かきをされると心が安心するようです。

口にする水や食料に対しても敏感です。新鮮か否かを敏感に判断します。毎朝ウィン君用の水を替えていても、さらに新たな水に替えてくれとせがみます。水を替えると、片手で皿を抑えて、実に美味しそうに飲みます。餌についても同様です。自分の体に合っているのか否かが分かっているように思われます。

自然の変化に臆病な猫です。先日の酷い雷の後、一週間も布団の中に隠れていました。数年前の地震の時は、揺れと同時に、洗面所の洗面台に身を丸めてすっぽりと埋め、その揺れが収まるや否や、一目散に私のベッドの下に隠れました。その後、約一週間も、そのベッドの下にもぐったままで、食事時のみ顔を出していました。その約一週間は、猫にしてみれば、三、四週間にも当たる長期間です。その後、ベッドの下から恐る恐る出ると、地震の主を探すかのように、幾度も幾度も周囲の壁を向いてはキョロキョロしていました。

自己主張の強い猫です。私が物を読んでいたり書いていたり、絵を描いていたりすると、その物や絵の上にどっかりと座って私をじっと恨めしそうに見つめます。「僕を見て」と言わんばかりの表情です。その表情に、我が子らの幼い頃を重ね合わせます。かつて、私が新聞を読んでいると、新聞紙の上にどっかりと座り込んで「おかあたん」と、しゃべり始めて間もない言葉で言っていた我が子を思い出させます。

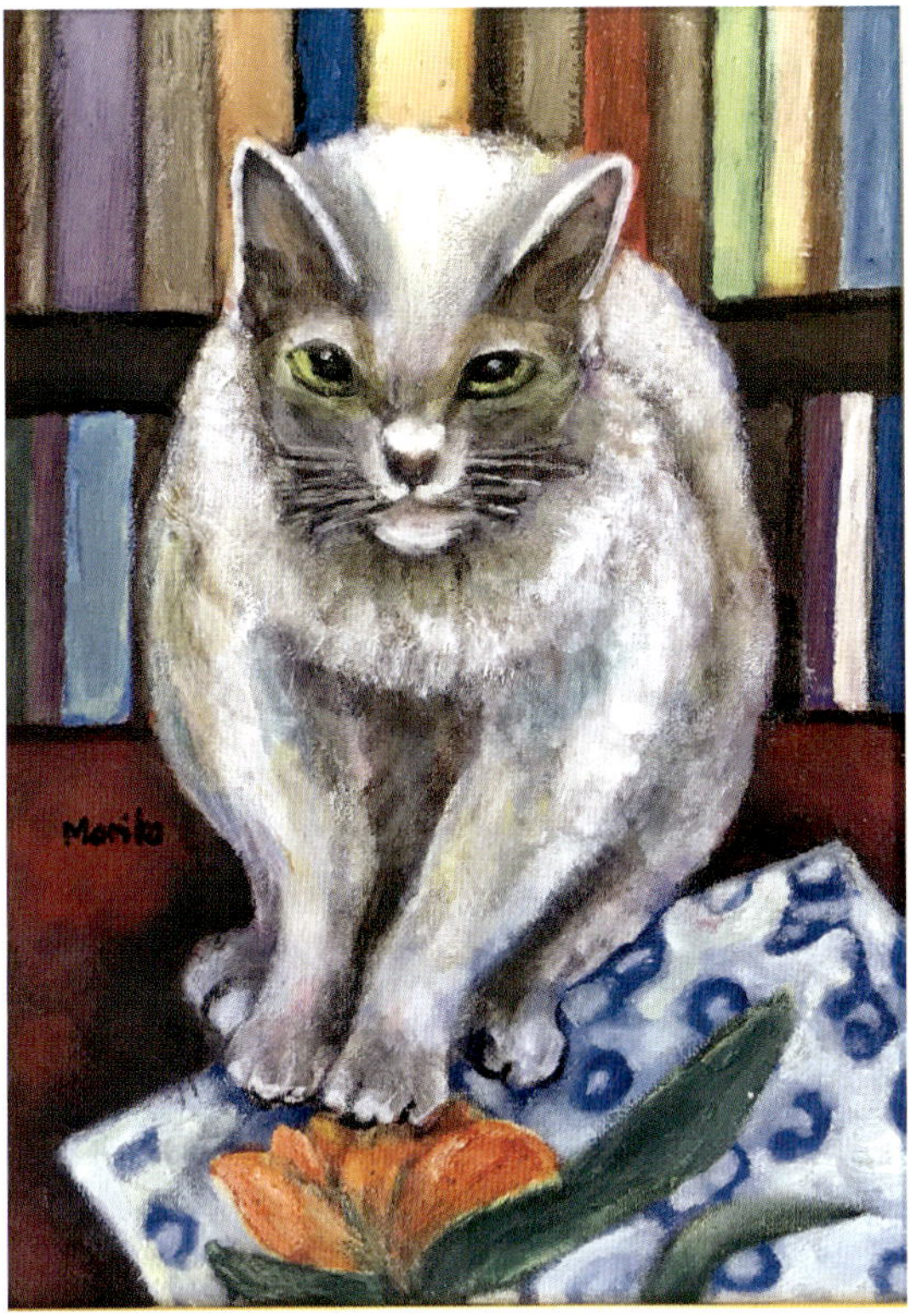
Moriko

「プルちゃんの病」

プルちゃんは真っ白で長毛な、故郷の知人から貰い受けた猫です。その知人は故郷の港の近くに捨てられていたプルちゃんを拾って、しばらくの間、多頭飼いで育てていたようです。それ故、哀しいことに、声を出して鳴かないのでしょう。そして、結局、その猫は私の家に貰われてきました。ですから、プルちゃんの正確な年齢は不詳で、多分、我が家に来た時は二歳くらいだったように推測します。

プルちゃんは我が家に来た直後から体調が優れずに、幾度も幾度も獣医に見てもらい、レントゲン検査をしてもらいましたが、「先天性の病気持ちで、腎臓の形が歪で・・・」等々の獣医師の話でした。

ところが、今回はプルちゃんの生命力には驚きました。十日間程、ほとんど目を開けずに、手足を伸ばしたまま、寝息によってのみ生死が確かめられる状態でした。獣医師には何度も相談しましたが、結局、「先天性の病」とのことで、治療法はステロイドのみとのことであり、自然に任せることにしていました。プルちゃん用のベッドにシートを幾枚も置き、その上に排尿と排便をさせていました。あまりに可愛そうなので、無理やり幾度も流動食を口に流し込む形で摂らせると、何と、プルちゃんは動き始めて、目を覚ましたのです。そして、それまでは腰を抜かして歩けない状態だったのに、三日後には歩き始めて、自分でトイレに行くようになりました。その後、普通食を摂るようになりました。プルちゃんの目は目ヤニで真っ黒になるので、目を濡れティッシュで拭いてやると、母親猫を思い出すのでしょうか、私の顔に自分の顔を擦り付けて喉を鳴らして喜びました。プルちゃんは元気になると、嬉しいことか、哀しいことか、ま

た大人しいウィン君を威嚇する
ようになりました。

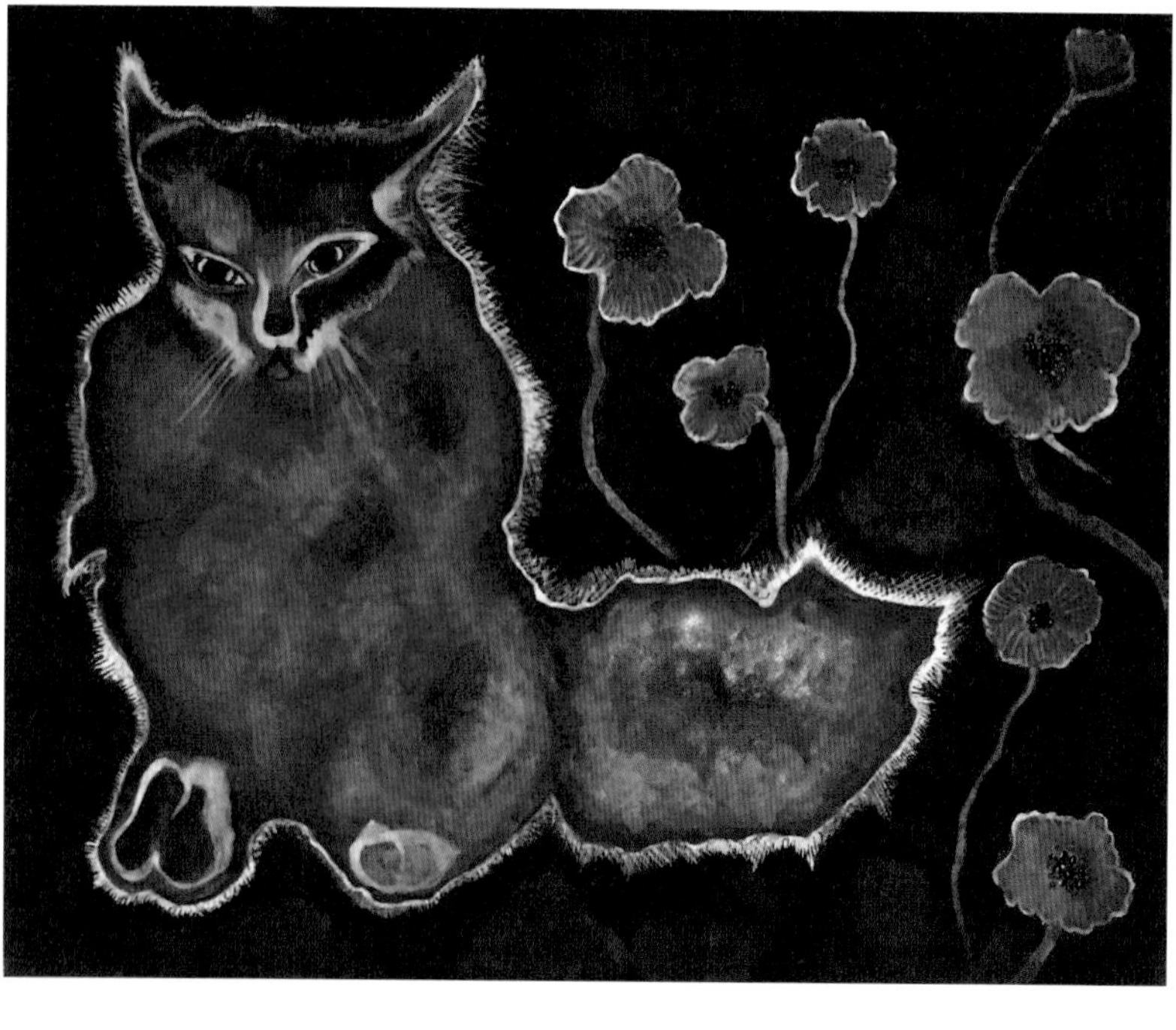

「或る副住職の話」

知人の紹介で、日蓮宗の寺に行き、ヨガというものを初めて体験しました。ヨガの呼吸と体の動きによって体内から毒素が出て行くような気がしました。最近の寺は、宗教活動に加えて、経営活動および文化活動も盛んなようです。

そこでの副住職の話も興味深いものでした。たぶん、仏教に通じている人ならば誰もが知っていることかもしれませんが、お布施というのは「金銭」だけではなくて、「笑顔」、「優しい言葉」もあるとのこと。優しい笑顔と言葉は、人間だけがなせる宝に思われます。また、その副住職が言うには、気を付けて避けなければならないのは、「してやったのに・・・」と思うこと。もしそうならば、しない方が良いとのことでした。その通りです。私の亡き父は、自称「無宗教者」でしたが、困っている人々に手を差し伸べる人でした。その度に、「人様の為にしたことは忘れ、口に出さず、人様にして頂いたことは忘れるな」と言って、それを実際に実行する人でした。

また、その僧侶の話では、ザクロが人間に近い匂いを放つので、鬼に人間が食べられないように、人間の代わりに供えるということでした。私は仏教に関わりのある果実、ザクロも鬼灯も、その姿が好きです。興味深い話をしてくれた、厳しい修行を積み続けているというその僧侶は、高校生時代には、「やんちゃ」で、金色に髪を染め、ピアスをしていたとのことです。

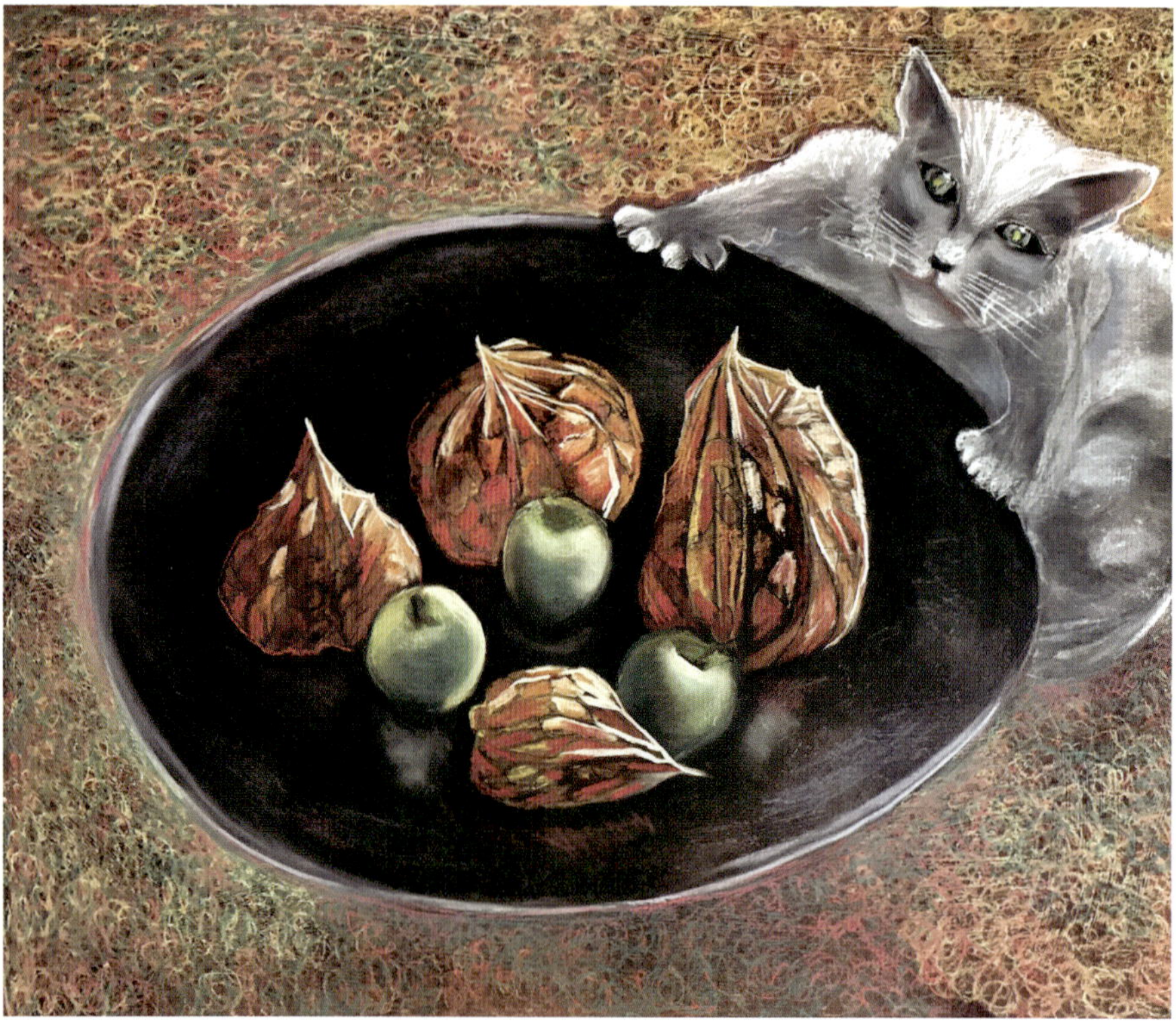

「薬師寺に収められた救済法」

千何百年も前に建立された薬師寺に収められている文書に、当時の疫病や戦いの預言とその救済法が書かれている、というルポがテレビで報道されました。その古い文書に記された預言は当たっていたようでした。その救済法に関しては、「人に優しく」という内容でした。この新型コロナ騒ぎや世界規模の異常気象や世界の地域でいまだに繰り返されている数々の闘いについても、その救済法に関して、同様のことが言えるように思われます。しかし、その救済法とされる「人に優しく」ということを考えると、それは大切でありながらも非常に難しい課題に思われます。これまでの人間の、人間にとってより良い環境を考えずに、むしろそれを破壊することで経済成長し、或る意味で進化して来たこと、そして、自己中心的な偏狭なナショナリズムが、人間に優しくない、傲慢な生き方をもたらしたのかもしれません。そして、その結果が、この新型コロナ禍、異常気象、また宗教や民族間の闘いなのでしょう。

私には、その救済法に思われる「人に優しく」するための方策とはというと、具体的にどのようにすれば良いのか、難しい問題に思われます。この「人に優しく」という救済法の予言は、今もなお人類にとっての大きな課題を提示しているようです。

まり子

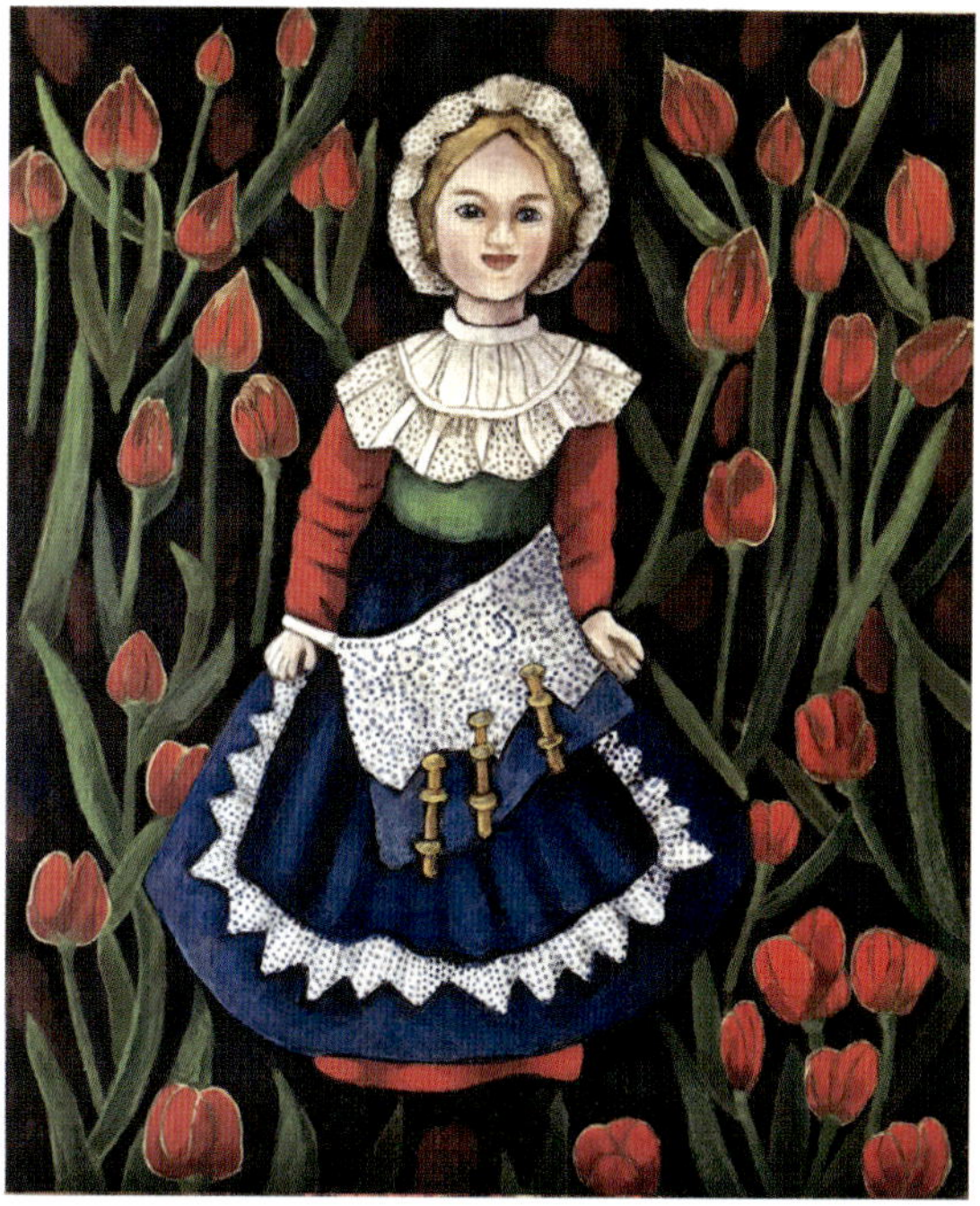

Mariko

「新型コロナ禍」

新型コロナ患者が多発しているイタリアの高校でも、日本同様に、学校の閉鎖処置がなされているようです。その禍の中で、イタリアの高校教師が、学校に来られずに離れている生徒たちに対して、「この時期に良い書物を読むこと」、「人に毒を与えない（偏見で他者を傷つけない）こと」を伝えているそうです。大切な教育であり、良い助言であると思います。日本の学校では閉鎖処置の間、教員は生徒に何を教育しているのでしょうか。

日本では、最近、新型コロナウィルスに感染した男性が、「人にうつしてやる」と言って、飲み屋に行き店員に接触したとの報道がなされていました。キャスターやアナウンサーは「信じられない行動」と非難していますが、かつて私が嫌う人たちの中には、似たような言動をとる人々、自分の病や不幸を他者にも分け与えたがる人が幾人かいたので、そのニュースには驚きませんでした。

或る女性が、正直にも、かつて子供の頃に結核を患った時に「なぜ自分だけが病に。なぜ自分だけが嫌われるのか」と思い、他者にも結核をうつしたかったと告白したことがあります。気の毒な人です。成人した彼女は風邪を引いて咳をしていても決してマスクを着けようとはしませんでした。たぶん、このコロナ禍でも、彼女はマスクを着けることを嫌っているのかもしれません。彼女にとって、マスクは疫病をうつしたりうつされたりすることを予防する物ではなくて、自らの不幸だった、孤独だった病の頃を象徴する物なのでしょう。

またある人は、自分が流産したことで家族に責められてつらかったので、嫌いな妊婦を見ると、心の底でその妊婦が流産することを願うことがある、と告白したことがあります。正直な、しかし、哀しい罪深い気持ちです。

彼女たちのような罪深い考えや行為は、決して真似したくはないエゴイスティックなものですが、彼女たちにそう思わせ行動させるのは、幼い頃の、若き頃の、深い孤独感なのでしょう。周囲の心ない人々も、彼女たちをそのような哀しい人間にしたことに一役かっているのかもしれません。

まり子

Mariko

「幼き頃の夜そして晴天」

幼い頃には、夜、目を閉じて「早く朝が来ますように」と祈りながら眠りに入りました。その記憶は七十余年経った今も鮮明に思い出されます。当時は、目を閉じて眠りに入ることが怖くもありました。明日が決して来ないような不安感もありました。

歳を経た現在は、夜が来るとほっとした気持ちになります。眠りに就くのが心地良いのです。生への執着は幼い頃よりも強いように思います。それでも、夜と眠りは怖くありません。少しはこの世や死というものを見聞きしたからでしょうか。

また、幼い頃には晴天の日が好きではありませんでした。微かな記憶ですと、その強い太陽光に私の小さな心身は圧倒されて負けてしまいそうな気がしたからです。太陽と子のイメージ

は今では私の中で結びつくのですが、それは不思議なことです。幼い頃の私には、未知に対する大きな不安感があったのかもしれません。

現在の私にとっては、晴天の日は宝物のようです。朝起きて、太陽が臨めない日は元気が出ないような気がします。陽光に救われて、元気を貰って生活しているような思いです。

「散歩の途中で」

最近、座り仕事が多く、コロナ禍によって遠出することもないので、近所を散歩することにしました。日に二～三回、一回に十五分程度の散歩ですが、それによってふくらはぎの緊張と腰の違和感がなくなることが良いものです。

我が家の付近には、比較的美しいたたずまいの戸建ての家々が立ち並んでいます。その散歩中に、三か所、大きな嫌な張り紙が目に付きました。

或る家の塀には「ペットのおしっこ禁止」、或る家のポスト近くには「防犯カメラ設置しています」、また、或るゴミ捨て場には「指定の方以外のゴミ捨て禁止」の文字です。その張り紙は辺りの美しい景観を台無しにしているようでした。コミュニティー内のぎすぎすとした人々の関係が垣間見られる思いでした。でも、そうせざるを得ない行儀の悪い人がいることも事実なのでしょう。故郷の街では見たこともないようなメッセージと大きな張り紙でした。

「これも散歩中の出来事」

私と同年代の女性と、その子夫婦とみられる三十代か四十代の男女、そして、歩き始めたばかりの幼子の四人の、散歩中の三世代の家族らしき人たちに出会いました。

その幼児の、皆に見守られる中をよちよちと歩く姿が実に可愛らしいので、私は思わず、「可愛いですね」と、見知らぬ人たちに向かって声をかけました。すると、私と同年代の女性の無表情と無言とは対照的に、若い男女は、素敵な笑顔で「有難うございます」とのコミュニケーションでした。

よく経験することですが、ここでも世代の相違を感じました。戦後すぐの育ちの私たち世代は、人の数も多く、その多くの人との競争社会で競って生きてきたように思います。年老いても、その名残りと思われる言動が感じられることが多々あります、一方で、三十代、四十代の人々は、「ゆとりの世代」とやらで批判されたこともありますが、それ以前の世代に比べて、他者への気配りやコミュニケーションは豊かな人が多いように思います。もちろん、これも、私の狭い経験から一般化することは危険なことではありますが。

「負けん気」

プロ、アマチュアを問わず、スポーツ人の「負けん気」が賞賛されています。私は他者と闘うスポーツがあまり好きではないせいか、彼らの「負けん気」が恐ろしくも感じられることがあります。もちろん、そうではない選手もいます。相手に敬意を払い、厳しくも楽しんで自分自身の成長と向き合っている素晴らしいスポーツ人もいます。私が嫌う、そうではないタイプの選手から感じられるのは、自己への「負けん気」ではなくて、他者への「負けん気」です。

以前、私が尊敬していた努力家の知人が「他人に負けるのが悔しいから頑張る」と言うのを聞いて、がっかりしたことがあります。私は「悔しさが原動力の頑張りは好きではありません。自分がやりたいから、楽しいから頑張ることが大切に思われます」と、生意気に言ったことがあります。他者との競争が自己を成長させる可能性は大きいかもしれませんが、その後で心に残るのは何でしょうか。他者との勝ち負けに拘らずに楽しんでスポーツが出きて成長が伴えば良いですし、そうありたいと思います。これは単にスポーツだけに言えることではなく、他の諸々の人間活動にも言及できるように思います。

最近、ある著名なスポーツ選手が病を克服してオリンピック選手に選ばれたというニュースが流れています。その選手の「負けん気」が高く評価されています。大変な努力家で立派な人だと思います。しかし、その選手が、報道陣に向けて、「一番は嫌、一番でないと・・・」と語っていた時の目の色が、私には何やら異様に映りました。彼女の頑張りは大きな賞賛に値して、多くの人々が彼女によって勇気付けられているのも事実だと思いますが、このコロナ騒ぎで、しかも、オリンピック騒ぎで、彼

女の病が再発しないで済むことを祈ります。

「同窓会活動」

私は同窓会活動に熱心ではありませんし、同窓会活動に熱心な人との付き合いが苦手です。それは若い頃から現在に至るまで変わらない思いです。一時期、先輩の方々の強い勧めで高校や大学の同窓会活動に参加したことはありますが、自分には不向きな活動だと実感して、すぐにその活動を辞めた経験があります。

私は、生来の我侭な気質からか、集団組織や「群れ」を作って行動することを好まない人間です。加えて、数十年も前に、自分が、自分の意思とはほとんど関係なく結びつけられ属させられた集団組織を懐かしむということに違和感があります。懐かしい母校の恩師や友人たちとは個人的に、長年に渡って、親しい付き合いをしていて、彼らの成長や生き様を見つめ、彼らを尊敬し愛おしむということはしています。小学校時代の友人、中高時代の友人とも長い間有難い付き合いを続けています。

同窓会活動に熱心な人々は、集団活動が好きなのかもしれませんし、集団組織に帰属していることが好きなのかもしれませんし、懐かしき良き若い頃に戻れるからかもしれません。人は一人では生きて行けそうもない生き物ですから。「安心だから気質の知れた古い知人としか付き合わない」と言って同窓会活動に熱心な人々もいます。そのような同窓会では、良き頃の「昔話」に花が咲き、同窓生に関する新旧諸々の「噂話」に花が咲き、仲間と同じ行動を楽しんでいるようです。また、同窓会組織は「噂話」の巣になる可能性があるだけではなくて、何らかの「選挙活動」や「就職活動」や「経済活動」に関わることも多いようです。或る意味では、個人を助けてくれる有難い力強い集団なのかもしれません。

同窓会活動も、人間の「群れ」を成して行動するという習性の表れの一つなのでしょう。また、人の気質は幼い頃のそれと変わらないかもしれませんが、その人の経験の量や質によって、物の捉え方や行動様式は変わりうると思います。過去を振り返ってそれを懐かしがることも必要かもしれませんが、それ以上に、これからも、この世を去るまで、前を向いて生きて行けたら幸いに思います。

「ウィン君の死」

愛猫のウィン君が亡くなりました。十八歳でした。獣医に「もう駄目」と言われてからも、何とか元気を取り戻して約二年間生き延びました。次第に足腰は弱って、亡くなる直前には、それ以前は絶対にしたことのない、おもらしをするようになりました。最後は眠るように私の腕の中で天国に旅立ちました。私と苦楽を共にしてきたような猫です。我儘で、神経質で、甘えん坊な猫でした。もう一匹の愛猫、プルちゃんを故郷の知人から引き取らなかったら、ウィン君はもっと自由にのびのびと長生きできたのかもしれないとも思うこともありますが、それは後の祭りですし、捨てられて野良猫同然だったプルちゃんは可愛そうで可愛い猫でもあります。

プルちゃんは、ウィン君が亡くなると、それまでウィン君を威嚇しながらも近づかなかったウィン君の居場所も占領するようになりました。これも亡くなったウィン君に申し訳なく思いますが、プルちゃんも生前のウィン君にそれなりに遠慮していたのでしょう。

私はウィン君の絵を生前にたくさん描いていました。それらの絵を観ていると、ウィン君がまだ生きているような錯覚すらします。描かれた絵は、亡くなった者を自分自身の中で蘇らせる力が大でもあるようです。

「新型コロナ禍下の野球少年団」

我が家の近くにある小学校の前を通ると、このコロナ禍でマスクをせずに談笑する、同じユニフォームに身を包んだ野球少年たち、そして、彼らを指導しているとみられる同じユニフォームを着た地元の人らしき成人男性が、同じくマスクをせずに、少年たちの頭上で煙草の煙をもうもうとふかしながら、大声で少年たちに話しかけていました。このコロナ禍でマスク使用が日々叫ばれている時に、私にはその光景は驚きでした。多分、コロナ禍でなくても、タバコの煙が取り巻くその少年たちと大人の光景は目に楽しいものではなかったでしょう。その幼い子らの健全な成長を願うと、そのような地元の大人に指導される子らが可愛そうにも思われました。

その幼き子らの健全な成長を願って、生まれて初めての経験でしたが、私は思い立って教育委員会にその旨を報告しようと電話をしました。すると、電話を受けた教育委員会のスタッフは、私が話し始めたばかりの時は、うっとおしそうに受け答えしていました。ところが、途中から、急に声の様子が変わり始めました。そして、しばらく話していると、彼はまるで眠気から覚めたかのように真面目に受け答えを始めて、担当部署に報告して指導するとのことでした。多分、日頃、どうでも良いような内容の電話が多いのでしょう。改めて子らの健全な成長を祈ります。

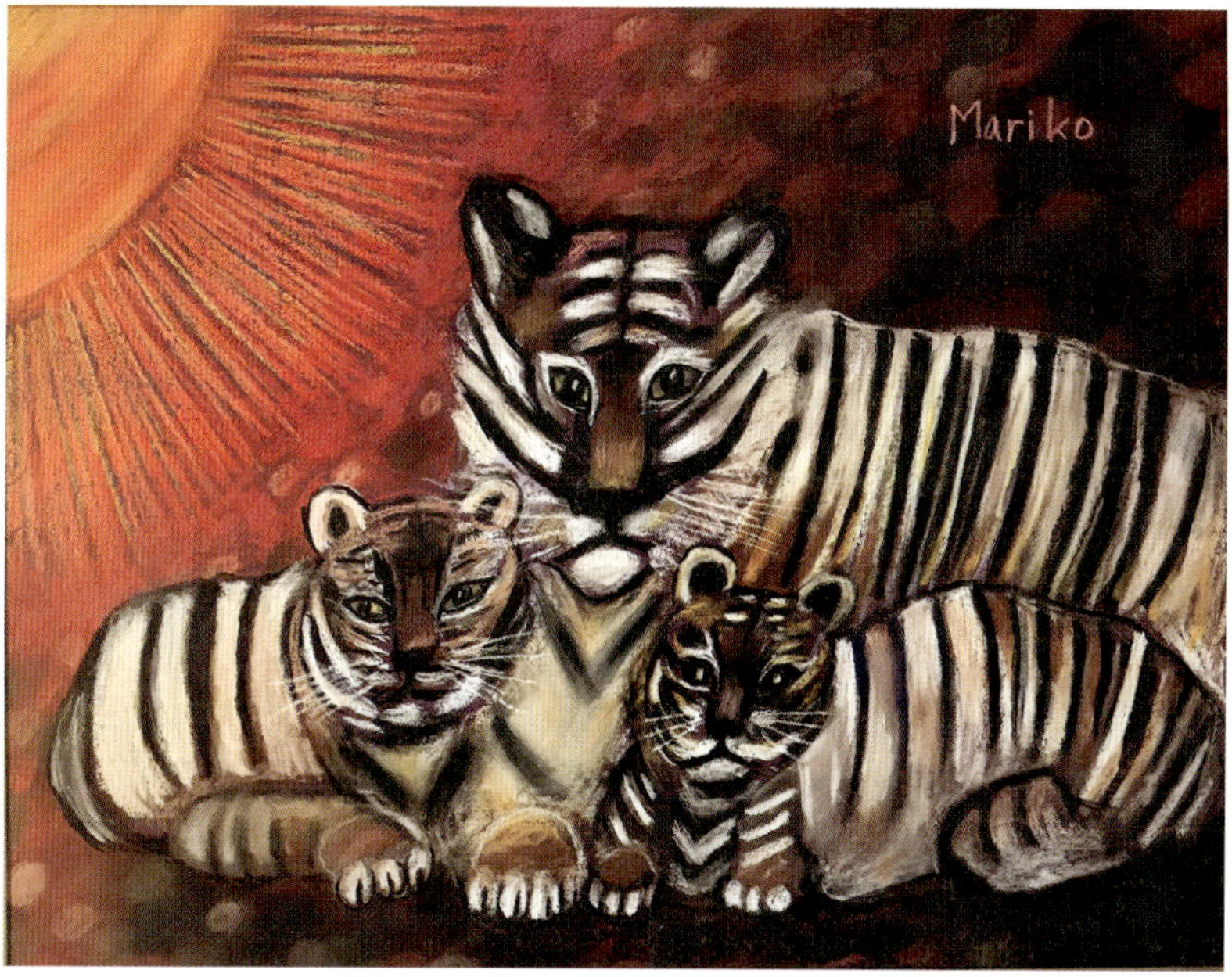
Mariko

「絵の描き方」

或る画家が、絵を描く者への指導として、「前もって計画して描くことの重要性」と「計算して描くことの重要性」を強調していました。また別の画家は、「自分の描いている絵がどう描き進めたらよいかを教えてくれる」、「先がどうなるか分からないから絵を描くことは面白い」と指導していました。どちらも正解なのかもしれませんが、多分、私の性格からか、後者の主張の方が納得行くものです。私は下絵をしっかり描くと、本画に進む意欲や楽しみが薄れてしまい、生き生きとした絵が描けないような気がします。

絵を描く行為を超えて、小説の終末や、人間の生き方においても同様のことが言えるように思われます。小説の終末をはっきり語らない、語れないことで、読者の想像力が働いて、その後の小説を超えた世界が広がります。また、人間が計画的に計算して生きることは安全に生きることに繋がるかもしれません。ただ、それ以上に、人間が、限りある理性と知性で、前もって計画して計算して生きることの危険性、誤算が大きいような気もします。そして、そのような生き方は、誤算のつじつまを合わせようとするが故の偽りの生き方にも繋がる危険性もあるように思われます。全能の神ならば別です。神が存在するとすれば、神は誤らずに前もって計画して生きることが出来るでしょうし、計算して描くことができるでしょう。不完全な人間にはそれは危険なことに思われます。しかし、また、人間は不完全な存在ゆえに、その人生は苦しみ以上に面白いものなのかもしれません。

「日本らしさの話」

山茶花と椿、この二つの花はそれぞれに良く似ている花です。山茶花は日本固有種で、椿は台湾等でも咲く花とのことです。私には、日本固有種であるという山茶花よりも、台湾等にも咲くといわれる椿の方が日本らしさを醸し出しているように思われます。

私の思う「日本らしさ」はと改めて自問すると、はっきりとは答えられません。「～らしさ」を見つけることやそれを表現することは、偏見や事実誤認といった危険性があり、難しいことです。それにしても、花びらを思いっきり開いて咲く山茶花とうつむき加減に咲く椿、秋の日差しの中に華やかに咲く山茶花と雪の中にひっそりと咲く椿、どちらも素敵です。

Mariko

Mariko

「二代目ウィン君」

ウィン君の死は私には辛いことでありました。この猫は、私の大切な家族であり、苦楽を共にした存在でした。ウィン君が天国に行ってから、私は寝ても覚めても、どこからかウィン君の可愛い鳴き声が聞こえるようで、また、ダークブルーの瞳とブルーグレーの体が目に浮かんできました。もう一匹の愛猫プルちゃんに癒されていても、それはそれで、別のことでした。

コロナ禍が下火の今、自分の年齢を考えると、この今しか再びウィンと同じ姿の仔猫を飼い始める機会はないと思われました。いつもの、思い立ったら行動に移すという私の癖で、ネットで「ロシアンブルー譲ります」を検索し始めました。十八年前にウィンを得たように、ネットでブリーダーを検索しました。すると、埼玉、茨城、静岡で一ヶ所ずつ見つかりました。

そこで新たな発見がありました。二〇一三年から動物愛護法によって、対面してからの購入規則となっていました。そこで、これも思い切って、埼玉県の白岡市に出かけて直接にブリーダーからウィン君そっくりのロシアンブルーの猫、「二代目ウィン君」を得ることができました。その日のうちに家に連れてきました。賢い猫で、一、二時間もすると自分の名前を覚えたようです。

猫というのは、人間とは異なって、種によって姿も表情も瓜二つです。まるでウィン君が天国から戻ってきたかのようで、生まれ変わりのようです。取り立てて言えば、額の長さとバランスが多少異なるようです。この「二代目ウィン君」を抱いていると、不思議なことに、自分の体温が上昇し、心身ともに若い頃に戻るかのような気がしました。初代のウィン君は、夫には「この黒い猫」とからかわれながらも可愛がられ、娘には写真のモデルと追い掛け回されては可愛がられ、息子には「ウィン坊、ウィン坊」と猫なで声で呼ばれて溺愛された猫です。その再来ともいえる「二代目ウィン君」です。

プルちゃんは、初代ウィン君よりも後から、しかも、誰かに捨てられた後で、前の飼い主から貰われてきた可愛そうな猫なのに、我が家に来るなり、玄関先で、初代ウィン君を威嚇して、文字通り、ウィン君に「泡を吹かせ」ました。結局、プルちゃんは、初代ウィン君が亡くなるまでそれほど親しくはしなかった猫です。

ところが、今回は、「二代目ウィン君」の体が自分の五分の一位しかないせいか、自分の後から来た故か、プルちゃんは「二代目ウィン君」に対して威嚇の行為に走りません。ただ傍で見つめるだけです。生き物は、自分にとって脅威となる対象に対しては威嚇しようとするのでしょう。これからの二匹の同居生活も私に教えてくれることが多くあるような気がしています。

また、現在は、「二代目ウィン君」は先代の蘇りのような存在ですが、これからは単に先代ウィン君の蘇りではなくて、新たな個性が育まれ見つけられる愛猫となるでしょう。楽しみです。

Mariko

「生後半年の仔猫に教えられること」

猫の成長は早いです。幼児期はたぶん人間の子供の四倍から五倍の速度で成長しているように思われます。その仔猫に教えられることが多々あります。

「気づき」ということがあります。微かな音や光や感触、そして動きに敏感に反応します。また、私が庭に出て作業をしていると視線を感じるので振り向くと、部屋の窓から首を長くして私を見つめる生後五ヶ月の二代目ウィン君がいます。私が微笑むと、私の顔の表情に連動して、このウィン君も目を細めます。私の喜怒哀楽に関しても敏感に察知します。成人した人間でもこれ程敏感に他者の喜怒哀楽に気づくことがあるのでしょうか。

「無難に争う」ということでも驚きます。これまで、自分が生まれた頃からほとんどの期間、猫と一緒に暮らしています。しかも、ほとんど常に複数の猫たちがいました。かれらはお互いにじゃれていても、鋭い歯と爪を持ちながらも、決してお互いを傷つけることがありません。ましてや、親子、兄弟の仲では喧嘩も見られないように思われます。人間はどうでしょうか。

「言葉どおり」ということでも驚きます。猫に嘘は通用しませんし、猫は正直です。私は単純な思考力しか持ち合わせていないので、計算して話したり、相手の言葉の裏を探ろうとすることが嫌いですし、出来ません。以前、ある知人女性の言葉をそのまま受け取っていると、ある時、彼女から「その年齢になって人の言葉を言葉通り取るなんて」と軽蔑されたことがあります。それ以来、彼女が怖くて親しく付き合おうとは思わなくなりました。猫は付き合うのに楽です。鳴き声も表情も態度も嘘をつきませんから。

Mariko

Mariko

「友とは」

事あるごとに、「友とは」と考えます。人間は、友なしには生きて行けない生き物かもしれません。しかし、結局は、全て、自分自身の頭で考え、自分自身の足で行動しなくてはならないのも事実です。

「人の不幸は蜜の味」という嫌な諺がありますが、そういう人間関係があるかもしれませんし、そういう人もいるかもしれません。自分に関しては、無縁の言葉ですし、無縁でありたいと思います。そうではなくて、相手の不幸と悲しみに寄り添おうとする人間関係が友情関係と言えるでしょう。加えて、それ以上に、相手の喜びに共感できる間柄が真の友人関係に思われます。「友とは」、相手の悲しみに寄り添えるだけでなくて、相手の良い点も見つけて褒め合える関係を持つ人、他者の喜びを共に喜べる人に思われます。それは己と他者を肯定することです。

そのような人間関係を営むことが出来る人は、自己肯定感が強い人であるように思います。また、自分自身が愛されて育ったことを自覚している人に思います。親であろうが、祖父母であろうが、他人であろうが、他者に愛されて育ったという自覚です。その自覚が、自己肯定に繋がり、その自己肯定は他者肯定に繋がるように思われ、そして、そこから良き友情関係が育まれるように思われます。

「ナショナリズム」

このコロナ禍で各国に燻っていた偏狭なナショナリズムの火種が燃え始めたようです。日本ではさほど感じられないことが幸いです。これまで、同じ東洋の韓国人や中国人を嫌う日本人がいたこと、今でも、日本の地を離れた経験がなくても、韓国人や中国人だけではなく外国人を毛嫌いする日本人がいることは知っていますが、他国に比べてさほど外国人を敵視する人は少ないように思われます。外国人に対して比較的寛容で心優しい国民に思われます。

日本人は島国なので、かつての世界大戦を除いては他国からの進入侵害を危惧することが少なかったからかもしれません。比較的自己主張の弱い、おとなしい国民性故からかもしれません。また、これも私論ですが、日本人は日本を誇りに思う人、母国を愛する人が多い故に、外国人が彼らの母国を愛することに共感できるのかもしれないように思います。

私自身は、海外を旅していて、活躍している日本企業や日本人のことを伝える情報に出会うと、自分のことのように嬉しくなります。自分が日本人であることを自覚せずに育ち、故郷の良き教育と雰囲気の中で、学年に一人か二人いたと思われる韓国人や中国人の子らとも仲良く育った記憶があります。大学と大学院時代は英文学を学び、英国の異国の文化に多少なりとも触れて教育されました。それでも、それ故かもしれませんが、一方では、私は日本人であるという潜在意識も強いようです。

以前、英国を旅行中に、在英のレストランや駅で出会った日本人たちが、日本人であることを恥じているような言動に触れて、情けなく哀しく思ったことがあります。それは、当時の英国内に強くあった、今もあると思われる人種差別の影響でしょう。

一昨年のロシア旅行では、ロシアの強い愛国主義も見聞きしました。このコロナ禍が関係しているか否かは私には分かりませんが、プーチン大統領がかつてのソ連の勢力を取り戻したいという強い欲求のせいか、西側諸国に連なりたいというウクライナの武装放棄と中立化を求めて首都キーウ（キエフ）を攻撃し始めました。皮肉なことに、キーウはかつてのロシアの発祥の地です。どちらも譲ることなく戦っています。（二〇二四年の現在でも闘い続けています）ウクライナの一般市民、子らの犠牲者も出ています。ロシア国内では、当局の統制を無視して、若者を中心として、また、中高年でも反戦運動を始めている人々もいます。（二〇二四年の現在では、当局の弾圧を恐れて、その運動も弱小化しているとのことです）プーチン大統領も、ウクライナの大統領も、ロシア国民も、ウクライナ国民も、皆、自国を愛するが故の戦いなのでしょう。改めて、これを機に、「愛国心」とは何かと、彼らと世界中の人々が問わなくてはならないと思われます。

私は、全面的にナショナリズムを否定する気はありませんが、自らのナショナリズムを大切に思うのならば、他者の、他国人のナショナリズムも尊重するはずだと思いますが、そうはいかないところに人間の愚かさ、哀しさがあります。

「五月の散歩」

今日は憲法記念日。随分以前から憲法改正が政治家たちによって論議されています。世界では第三次世界大戦を思わせるようなご時勢です。核保有国の勢いも増しています。それでも、日本が現在の憲法九条の武装放棄を守るべきと考えることは愚かなことなのでしょうか。良くは分かりませんが、或る国の武装強化と核保有が、他国の武装強化と核保有をもたらし、競い合って危険度を増しているように思います。唯一の被爆国である日本が、闘わない姿勢を持ち続けることが、世界平和につながるように思われます。

そのようなことを思いながら、文字通り五月晴れの中、家から洗足池の駅前までの散歩に出かけました。街路には赤、ピンク、白のツツジ花。家の二階から飾られた小さなこいのぼり。十軒に一軒くらい掲げられている日の丸の国旗。そういえば、今日は「旗日」です。また、道行く人が握っている菖蒲湯のための菖蒲の包み、店頭にはイチゴの特売です。五月の散歩は香りの散歩でもあります。のどかな街並みを散歩しながら、ウクライナ侵略戦争で苦しむウクライナ人、そして、ロシア人の中で、反プーチンを主張したくも、プーチン政権の弾圧によってそれを叫ぶことのできない心ある人々、彼らの姿が脳裏を横切りました。

Mariko

「運動会の準備光景」

散歩の途中で、或る小学校の横を通りました。秋の運動会に向けて練習中でした。教師の号令に合わせて整列の訓練をしていました。それは、まるで戦時中の軍隊の訓練を連想させるような光景でした。また、六〇年以上も前の自分自身の小学校時代の運動会練習の光景と何ら変わりのないものに見えました。そこでのヒステリックな教員の号令とそれに無言に無表情に従う多くの学童の同じ動きに、或る種の嫌悪感を覚え、幼い頃の嫌いだった、怖かった体育の教師と授業を思い出して憂鬱な気分になりました。

「韓国、中国ドラマ」

最近、私は韓国ドラマと中国ドラマを観る機会が増えていま す。以前から、日本制作のテレビドラマに比べて、韓国ドラマと中国ドラマのカメラワークの良さと登場人物の表情の豊かさと衣装の美しさは感じていました。ここ数年に及ぶコロナ禍にあっての巣籠り生活のためか、テレビのドラマ、取り分け、韓国と中国のドラマを楽しむようになりました。

自分にとってのそれらの魅力は何だろうかと改めて自問しました。一つには、前記したような長所です。二つには、そのドラマチックなストーリーとキャラクター間の人間関係の面白さでしょう。異国のロマンに加えて、日本人の伝統的な、既に現代の日本の若者たちには消え去った、昭和生まれ育ちの私たちには微かに残存する或る種の文化やモラルの香りをそこに感じるからでもあるでしょう。

　現代の韓国や中国という国に対しては違和感を覚える点は多々ありますが、その現代の韓国や中国で制作されるテレビドラマに惹かれるというのは皮肉なことです。多分、当の韓国や中国においても失われつつある懐かしいモラルや人間関係が、そこに表現されているのでしょう。日本は、伝統的に、長きに渡る韓国や中国文化とは切っても切れない縁があるようです。

Mariko

「接種後はこまめに水分補給してください」

新型コロナワクチンの五回目の摂取を終えました。（二〇二四年の現在はすでに八回目を迎えようとしています）五回目とは恐ろしいことです。この小さな老体に、ここ二、三年の間に五回もコロナウィルスを敢えて侵入させたということになります。加えて、困ったことには、昨日のニュースで、政府がその摂取費用の公費負担を止めるとのことでした。多分、今後は貧しい老人たちの中にはその摂取を諦める人も出ることになるでしょう。ついでの話ではありますが、これもテレビで、野菜の無人販売所での老人たちの泥棒騒ぎを報道していました。僅かな年金暮らしをする老人たちの哀しくも卑しい行為の話は日頃よく見聞きしていて、それにしても、気の毒で哀しい心痛む話です。若い頃に老後を予想して蓄えなかったのは自己責任と考える人も多いかもしれません。しかし、若い頃、運悪く仕事に恵まれなかった多くの女性たち、夫に若き頃も老後も頼るのが当たり前と教育されていた女性たち、若い頃は家族を養うのに精いっぱいだった男性たち、多くの彼らにとっては老後の貧しさは想定外だったのかもしれません。

以上は前置きですが、ワクチン摂取会場の摂取後待機室でのことです。その部屋の正面のホワイトボードに大きく、その文の下には二重線付きで、「摂取後はこまめに水分補給してください」とありました。無知で好奇心が衰えてはいない私はその理由が知りたくなって、そこにいた二人のスタッフにその理由を問いかけました。すると、一人は、少し時間を空けて苦笑いをしながら、「体に良いからです」と答えました。私は「どのように体に良いのですか？ ワクチンの副作用を軽減するのですか？」と続けましたが、嫌な笑みを浮かべて無言になりました。すると、もう一人のスタッフが、「副作用を軽くするというのではありません。摂取前に水分を控えて来る人が多いからです」とのこと。それは、私には納得の行く回答ではありませんでした。何故、大きな表示で二重線を引いてまで伝えられているのか不思議でした。

順が逆になり、これも余談ですが、摂取前の待ち時間に私は編み物をしていました。すると、二人のスタッフが編み物に没頭する私の傍に寄って覗き込み、「凄い！上手ですね。毛糸を二本で編んでいるので面白い色合いがでるんですね」と話しかけてきました。コミュニケーションはどこでもどんな状況でも大切かもしれませんが、編み物時にはコミュニケーションは邪魔ですし、公共のワクチン接種所にいるスタッフである彼女らに、もっと大切な仕事はないのか、それは、区の公費の無駄遣いで、もっと区民の役に立つ公費支出の方法があるように思いました。

「個展開催」

私が描いた日本画、油彩画、パステル画の第一回個展を大田区の会館で開催しました。(二〇二四年の現在は、既に四回の個展を実施済みです)「いのりの日々に」という副タイトルで行いました。私には特別な宗教はありませんが、人を超えた何かに祈るという行為は好きです。自分を超える何かに祈る人の姿と顔は美しいものです。

観に来て下さった人々は一週間で百人を超えました。有難いことです。それぞれ異なる感想を頂けて良かったです。そこでも偶然の出会いがありました。ポスターとなって貼られていた私の故郷を描いた絵に惹かれて、と言って、見ず知らずの二人の女性が来ました。偶然に、その一人は、私の父方の故郷の出身でした。父方の故郷は私の故郷近くです。父の従姉が画家で、年老いてから横浜から故郷の韮山に戻ってアトリエを構えて絵を描いていたようですが、彼女は、父が親しかったその従姉のアトリエと家とその親族を知っていました。私がよく経験する偶然ですが、また、その偶然のご縁に驚き、やはり絵が好きで、私が幼い頃には一緒に絵を描いた亡き父に感謝のひと時でもありました。

「黄砂」

ここのところ、中国大陸から吹いてくる黄砂とその被害情報が盛んに報道されています。多くの日本人は「黄砂の原因は中国で、日本はその被害国」と考えているようですし、実際にそれを口に出して言う人も多いようです。

そのような折、ある日本人の研究者によって驚くべき指摘がなされました。その内容は私も納得行くものでした。黄砂が起きる内モンゴルの一部にはカシミアの原料となるヤギが飼育されています。そのヤギの飼育過多が砂漠の状況に変化をもたらせていて、その結果、ヤギが過多に飼育されている地域から黄砂が飛んでくるという証拠が提示されていました。何と、そのカシミアの材料のほとんどが日本へ運ばれているとのことでした。急速に経済大国となった中国批判をしがちではありますが、

自然破壊に関しては、日本も、戦後の経済急成長期に随分多くの悪行をしてきていることは否定できない事実です。このニュースでも、他者、他国を批判することも必要かもしれませんが、常に自己、自国に対しては謙虚になるべきであると感じさせられる報道でした。

「かつての小学校の家庭訪問」

私の世代が小学生の頃からつい最近まで、小学校教員の家庭訪問がありました。現在では、学校や地域によってそれぞれ異なる状況のようです。

かつて小学校教師をしていたという幾人かが、かつての家庭訪問に関して語った哀しい話です。幼い小学校時代の私に、「人皆平等と皆仲良く」を教えてくれた有難い恩師たちも幾人か知っています。その影響もあってか、「人間皆平等」は私の人生訓の一つになっているように思います。小学校教育は、どの教育課程に比べても大切で、人生の価値観まで大きく影響する教育時期に思われます。言うまでもなく、小学校時代の教員の影響は子供の人格形成、子供心に大です。

哀しい話というのは、かつて小学校の教員を経験したという幾人かが、何年も前に、何十年も前に彼女らの家庭訪問で「覗いた」教え子たちの家庭に関する「噂話」を、今だに他者に語っているという事実です。プライバシーを厳守などといったモラルとは程遠い小学校の教員経験者もいるようです。そういう教師に育てられた幼子たちが哀れにも思われます。

何十年も前に担当した教え子の出自に関するありもしない作り話や「噂話」を幾度となく他のかつての同僚教師や教え子たちに話し、また、かつての教え子たちの実家の経済状況や資産状況や信仰についても語っているようです。教育者とは程遠い幼稚で情けないことです。守らなければならない教え子のプライバシーです。現在の、これからの、小学校教師がそうではないことを願うばかりです。

「歩かない人々」

沼津に五十五年ぶりに暮らすようになって、驚くことがあります。それは時代の流れによる地方社会には当然な現象かもしれませんが、それでも不思議に思うことです。

暑さのせいも多少あるかもしれませんが、私が散歩中に、中高年の人の姿がほとんど見られません。老人たちは、屋内でサークル活動をしているのか、認知症等で施設に入ったか、自宅で寝込んでいるか、もしくは、僅かながらでも元気でまだ働いているか、理由はよくは分かりませんが、何しろ姿が見えません。暑いこの季節だけではないようです。また、中高年のみならず、同じく、若い人々の歩く姿も、子らの歩く姿も、ほとんど見られません。

地方が都会以上に車社会であることは知ってはいましたが、

それにしても異様です。昼間の車道は、早朝から、都内と変わらないくらい多くの車がひっきりなしに走っています。これほど美しい自然に囲まれているのに、地方社会にしてはバスの運行は路線も多く、一時間に数本と比較的頻繁にあるのに、車、車、車です。スポーツが盛んであることを誇るこの市で、市内には多過ぎると思われるほどの体育館や運動場があるのに、歩かない人の街とは残念です。スポーツ振興を誇る以前に、人々に歩くことの勧めにも力を尽くした方が良いように思います。

歩かないことは、地方人、沼津の人間の寿命を縮め、認知症の発症率も進んでしまうような気がします。結局は、公費医療費高騰の問題とも繋がります。

東京在住時には実感出来なかった、もしかしたら、これからの日本全般の社会の大きな課題に繋がる事実を、この地方社会の一つである故郷の沼津で確認できたような気がします。

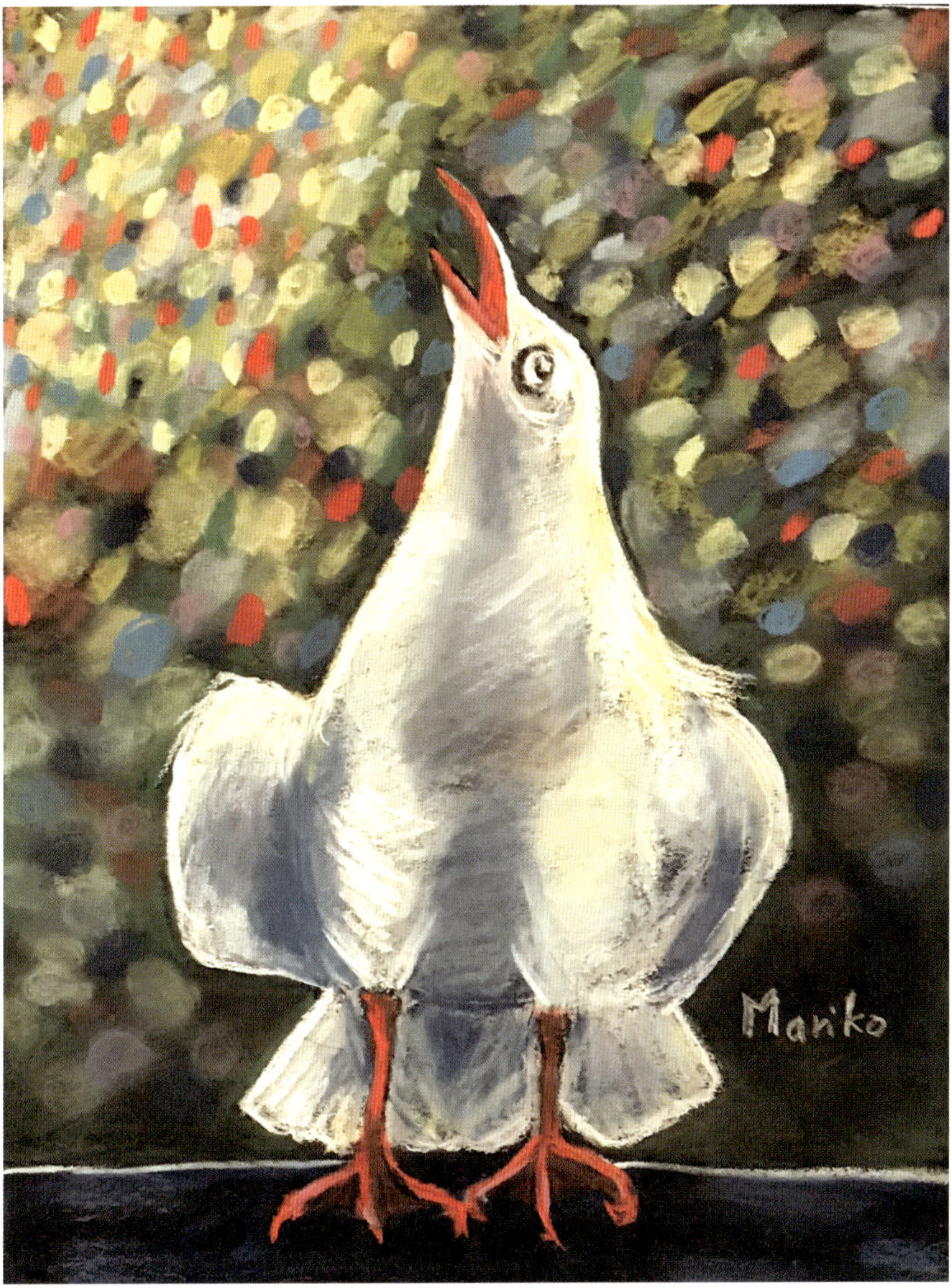
Mariko

「沼津散策」

沼津に移転した直後は、家近くと隣の市、三島駅近くの懐かしい、いわゆる観光地のような場所ばかり長時間の散策をしていましたが、最近は沼津市内の散策にも時間を費やしています。沼津市にゆかりのある、かつての文学者の記念館を訪れしました。沼津生まれで、私と同じ学び舎で青春期を過ごし、東京大学の経済学部に進学、フランスに留学して、のちに小説家として活躍した芹沢光治良の記念館、沼津の自然美に惹かれて東京から移住して亡くなった若山牧水の記念館を訪れました。どちらの記念館も彼らが愛した沼津の海辺と松林の中にあります。そして、彼らの沼津を語った遺作を再び読み始めました。そこに掲載されている文や当時の写真から伝わってくる沼津の自然は、時を超えて今も変わらぬ姿のようです。

コロナ禍が下火になって久しぶりに帰郷した時に目にしたこの美しい自然に転居を決め、移り住みましたが、約三か月経った現在、毎日、飽きることなく五千歩から一万歩を散策して、その美しさを享受しています。芹沢光治良は、若い頃は嫌っていた故郷、沼津を、晩年になって、その沼津の美しい自然が彼を育てたと語っています。今の自分には実感できる言葉です。また、旅多かった牧水が風光明媚な沼津に惹かれて転居した気持ちも良く分かります。私はしばしば偶然に出くわしますが、昨日の散歩での帰路に、偶々、牧水が埋葬されているお寺、乗運寺の前を通りました。そこで私は心静かに手を合わせました。

「かつての母校付近」

すっかり変貌した私の高校時代の母校跡を訪れました。私が高校一年まで使われていた木造平屋の古い校舎があった場所です。現在は、そこに立派な文化センターと巨大な体育館が建っています。付近の街並みもすっかり変わり、付近には立派で西洋風な建物が立ち並んでいます。変わらずにあるのは、センター脇の大木数本とやはり脇を流れる小川と並木です。私が高校生の時、遅刻しそうになって駆け込んだ教室の脇にあった小川と並木です。また、昼休みには、先輩と一緒に校舎を抜け出してラーメン屋に入ったことを思い出させる小川と並木でもあります。その向こうには香貫山が姿を変えずにあります。この散歩中に、その香貫山にも登りました。その山の麓にある母校の小学校、中学校にも寄りました。体育の授業等で香貫山登りをした記憶も蘇ります。今、香貫山に登って見える狩野川、駿河湾、そして、富士山の姿はかつての記憶とほとんど変わらぬものです。

その昔、牧水が沼津の自然保護運動をしていたとのことですが、この時を超えて変わらずにある美しい自然にどれほど多くの人が育てられたことでしょう。その人々の記憶の奥底にはこの美しい自然があるのでしょう。

「水の力」

以前から帰郷する度に、その水道水の恵みを感じていました。帰郷後の二日目には肌に効果を感じていました。沼津の水道水は、富士山系の柿田川湧水からの水です。その恵みを二代目ウィン君が改めて知らせてくれたようです。二代目ウィン君は、東京在住時には、目と耳にアレルギー症状がありました。ところが、沼津に転居して一か月も経ないうちに、食べ物は変えずにあるのに、投薬や塗り薬なしに、何もせずに、その症状が全く消えて完治したのです。私の肌も同じように水の恵みを感じていますす。この富士山系の柿田川湧水の恵みがこれからも続きますようにと祈ります。

勝野まり子　略歴

1950 年　静岡県沼津市に誕生

1969 年　静岡県立沼津東高等学校卒業　津田塾大学学芸学部英文科入学
1973 年　津田塾大学学芸学部英文科卒業　津田塾大学大学院　文学研究科修士課程入学
1975 年　津田塾大学大学院　文学研究科修士課程修了　文学修士
　　　　静岡県立掛川西高等学校教諭
1976 年　東京女子体育大学非常勤講師
1989 年～武蔵大学、東洋大学短期大学、東京成徳大学非常勤講師
1994 年　日本橋女学館短期大学　専任講師
2001 年　日本橋学館大学（現　開智国際大学）専任講師
2004 年　日本橋学館大学（現　開智国際大学）助教授
2006 年～ 2013 年　日本橋学館大学（現　開智国際大学）　教授
2021 年　新美術協会会友（日本画）
2022 年　朱葉会会友（洋画）

「慌ただしさの後に」
つれづれなる思いを

エッセイ・絵画集

発行日　2024 年 12 月 10 日　初版第 一刷発行

著者：勝野まり子
絵画：勝野まり子
制作：月刊ギャラリー
DTP：TMworks

発売所　株式会社ギャラリーステーション
　　　　東京都中央区銀座 6-6-1 銀座風月堂ビル 5F
　　　　電話 03-5537-6396　ファックス 03-5537-5281
　　　　振替　0016-0-21082

印刷　ベクトル印刷株式会社

Printed in Japan ISBN978-4-86047-387-7